床邊昆蟲學

張江寧 —————— 著

目次

Part One

Part Two

Part Three

Part Four

Part One

煮完魔法湯，就能長大嗎？

如果這就是長大

為了煮出單純浪漫的好糖果，每年到了冬，貓鬍子鎮的大人們會採收好甜呵呵的白甘蔗，把還沾著泥土的作物搬上五分車，一節一節送入工廠清洗切割、刮除雜質和高溫燒煮。在經過太多次的結晶、離心和折騰後，這甜死人不償命的遠古作物——造糖用的白甘蔗啊——也就失去了原先的龐雜和濃烈，成了專注透明的砂糖。

砂糖像鮮瑩明潔的微型玻璃塊，光影折射間，只留下了甘蔗最後的物種特徵：甜。

這天，在離一切繁美熱鬧都遠到不行的小鎮邊角，糖廠公園的茄冬樹下，有兩個看起來沒超過十歲的小孩。

男孩瞇著眼曬太陽，頭髮亂翹的女孩則漫不經心地翻著書，她手裡的硬皮書封面是綠色的，書的主題是亞熱帶島嶼上的每座沿海燈塔。女孩的胸口掛了一塊折了又折，再用線圈圈綁好的紙團，那是一張寫了她重大祕密的糖果紙。截至目前為止的全世界，只有她身旁的男孩知道紙上寫了什麼。

公園裡的午後陽光比打翻流出的糖蜜還純金黏稠。

書讀一半，女孩「啪」一聲把書夾上。

「欸。」女孩說。

「嗯？」男孩回應。

「你許一個願。」女孩說。

「啊？」男孩抓了抓頭。

「許一個願啊。」她的表情認真，一個一個字說：「如果你現在可以許個願，就一個願，只一個願，然後不管什麼都能實現，你會想要什麼？」

「嗯……讓我想想喔。」男孩瞇起眼，像孵上一窩遠古又新鮮的恐龍蛋，想了天長又地久，最後才點點頭，認真無比地說：「我希望這鎮上的每個小孩都能好好長大。」

「哇喔，」女孩瞪大眼睛，說：「不是我在說可是……你的願望也太無聊了吧。」

「哪有？」男孩沒很在意，他開始在口袋裡翻翻找找，反問：「不然你的願望是什麼？」

「五百年前就和你說過了啊。」

「你也才十歲。」男孩指出。

「是十一歲。」女孩指正。

「喔好啦，那麼，可以拜託你再和我說一次嗎？」

女孩忍不住微笑，然後收起戲謔，清清喉嚨，虔誠複述了自己的願望。

「咦？怎麼還是同一個？」

「就同一個啊。」

「我不懂，」男孩搖搖頭說：「你那個湯到底有什麼好？為什麼非煮不可？」

「因為……因為神奇啊，」女孩結結巴巴，試著解釋：「你想，如果我有了孟婆湯，那……那我們就再也不用寫作業啦，只要往老師的茶裡加一點，一點就好。」她表情誇張，把老師得了失憶症，迷迷糊糊的模樣演了出來。見了這幕，男孩忍不住笑了，他用力推了女孩一下說：「最好是這樣。」

「就是這樣。」

「噢！」終於在口袋深處摸到了糖，男孩眼睛一亮得意洋洋，把圓餅月亮般的梅渣糖掰成一半，對分給女孩。

「謝謝，」女孩把糖塞入嘴，含糊地問：「可是啊，你為什麼什麼時候都有糖？」

男孩笑咪咪，眨眨眼，沒回答。

拍拍，眨眨。

一隻糖白色的大蝴蝶也在這時翻翻、拍拍、眨眨地晃過男孩和女孩身旁的茄苳樹，白蝶有點類似西洋童話裡那隻毛絨絨、持懷錶、自言自語的趕時間胖白兔，雖說白蝶既不毛絨、沒懷錶也不會說話，但它卻絕對在趕時間。它以鱗翅目昆蟲特有的匆忙，搖搖晃晃飛過樹下，像要循著透明恍惚的記憶，去追回一份只有自己記得的願望。

誰的眼睛很透明

在另一個冷呼呼的國度裡，有座自然歷史博物館。

在那座自然歷史博物館裡，有名年輕的昆蟲學家。

那天傍晚，昆蟲學家小跑步閃入第二十五號標本室。一進門他就轉身鎖門，在重複確認自己是真的有鎖好門後，他才鬆一口氣，吐吐舌頭，找出手帕，想把沾在襯衫上的白膠、鼻屎和顏料都擦掉。

可惜他遲到了。

在一下午的奔跑、追逐和跳躍後，白膠、鼻屎和顏料早就乾掉，是怎麼也揭不下摳不掉，昆蟲學家只能苦笑。

我們眼前的昆蟲學家有明亮溫煦的圓眼睛，褐金色的頭髮毛躁躁。當他專心看著你，簡直就像有頭超大的黃金尋獵犬盯著你瞧，狗狗的眼裡有能替你跑入天涯，追入海角，把弄丟的心也給尋回的透明和安好。

但不是今天。

今天我們的昆蟲學家心神大亂，灰頭土臉。

全因為今日稍早，靜好的博物館來了群五年級小孩。

那是某一間學校的校外教學，孩子手裡的花俏學習單印著他們當日的學習主題：「嘿親愛的小孩，你想成為哪種科學家？」

戴著眼鏡的女老師一踏入博物館就放出朝陽般的笑，她輕盈地對昆蟲學家說：「來來來，這是我們五年級的一、二、三班，總人數七十八。點名表在這，嗯，需要注意的只有那邊那個湯米……喂！湯米！」話說到一半老師眼神丕變，夏日響雷般地對隊伍尾巴大吼：「湯米你要是再敢給我弄其他人，我就沒收你接下來整個學期的布丁！」

聽到話，隊伍最後的男孩動作停格，硬生生把塗滿了白膠的手收回。

白膠？

那是白膠嗎？

昆蟲學家興味盎然。

他怎麼會有白膠呢？

該不會是隨身攜帶的吧？

現在的孩子身上帶的東西都很齊全呢，昆蟲學家露出讚許的笑。

「所以差不多就這樣啦。」女老師返回甜美狀態，誠摯道謝，然後就轉身，拿著杯還冒著煙的咖啡，捧一部厚到不行的書（昆蟲學家重度懷疑那是兒童不宜的成人羅曼史），離開了博物館。

就這樣。

她留下整整七十八名小孩。

給寥寥幾個，毫無兒少經驗的年輕研究員。

有人用力戳了戳昆蟲學家的手，他低下頭。

「嗨。」戴著鮭魚紅圓眼鏡的小女生遞出學習單，羞答答地問：「你會幫我寫嗎？」

「噢，」昆蟲學家蹲下，溫柔地說：「功課還是得自己寫喔，可是不擔心，因為我們會陪……」

噗哇哇哇！兩點鐘方向，一名背著柑橘綠後背包的胖男孩出於某種極富神祕色彩的原因，一張口就哇啊啊啊吐了滿地，他的嘔吐物也是綠色的——不遠處的昆蟲學家不適地注意到——而且還摻雜了丁點油膩的奶油白。

情急下胖男孩伸手抓了隔壁小孩的毛帽，表情痛苦地用別人的帽子擦下巴，沒了毛帽的孩子驚恐尖叫，穿著鈷藍色薄外套的男孩（湯米，對，湯米，昆蟲學家好確定）趁亂把手上的白膠都全抹到前面女生的漂亮馬尾上。

「噢。」嚇傻了的昆蟲學家只能說出：「噢。」

*

如果說他今天學到了什麼深刻的事實，那就是小孩真的、真的好恐怖。

至少他現在安全了，對吧？昆蟲學家第三次轉轉門把，哆哆嗦嗦，嘆了口氣，拿下識別證，脫掉襯衫，並在步入這裡後第一次抬頭，看了看眼前的空間。

嗯？這是哪裡？

零點三秒後答案回到他腦袋。

啊，這是收放未命名標本的空間。

＊

是這樣的，人類文明的河潑灑晃蕩，帶著輕盈嘻亮的水花浩蕩流過，一個個物種在河的流動裡消失死掉，人們卻什麼也做不了，想不出挽留的方法，於是只好用力學會怎麼定格生命了，就算只有模樣也好。

在大航海時代的前後，自然學家們走入艱澀冷僻的世界遠角，把所能找到的洪荒原始都切下摘下，收入木盒，插針標示，再運回博物館。在不見天日的博物館地下室，原先輕靈多彩的生命黯然失色，像白雪公主那樣被封在堅固透明的玻璃盒裡。

和白雪公主不同的是，這一次，沒有誰能翩然降臨，吻醒長眠的它們。而今爾後陪伴這些標本的，就只有兩段繁複難解的拉丁語學名，和數不完的時間。

昆蟲學家慢慢走入深靜的標本室。

他經過一列列堆著標本、擺著灰塵的高聳架子，看見鷹蜥化石、袋鼠胚胎、琥珀蚊子、蒼蠅翅膀、半隻鮮桔色的箭毒蛙剖切片，和一款閃亮又復古的鱷魚提包。在「鱗翅目」的展示列前，他停下腳，好奇探望——因為滿天飛舞的蝴蝶和蛾，正是他接下來三年的研究題目。

他隨意拉開了一格抽屜——滿懷期待地——看見一隻顏色焦黑，鞘翅上有細白亮點的喜黑甲蟲。

喜……喜黑甲蟲？昆蟲學家瞪大眼，鞘翅目的甲蟲怎麼會放到鱗翅目呢？而且喜黑甲蟲左邊右邊的兩個小紙盒裡，還分別擺著——昆蟲學家湊近看——紐西蘭的小真菌蚋和非洲的采采蠅。

哇喔，昆蟲學家站在抽屜前不敢相信，博物館裡誰會犯下這種錯？他查看上下左右的抽屜，都沒出錯，就偏偏，就剛好，給他看見了這格抽屜。昆蟲學家搖搖頭，真是不像話。

他挑出三只錯置的標本，想把它們擺回應在的位置，卻在臨走前，又在抽屜深處瞥見了一疊裝訂好的物種報告。報告像捉迷藏裡被大家刻意忽略的小孩，憂心忡忡地露出衣衫一角，希望自己也能被找到。

昆蟲學家皺皺眉，順手抽出物種報告，緩步走出，來到桌前，點亮燈，開始讀。

這時的他，早就忘了襯衫上的白膠、鼻屎和顏料。

鯨魚谷底流浪漢

翻飛散落在街角的一紙雜誌說，在那遠在天邊、漫無邊際的埃及沙漠深處，有個地方被當地人和古生物學家稱作「鯨魚谷」（Wadi El-Hitan）。

在這輩子，鯨魚谷和大部分的沙漠沒啥不同，放眼而去，都只能看見乾沙、絕石，和洗藍的天。嘿可是如果時間打了結出了錯，一不小心讓你掉回四千多萬年前，你會嚇壞了地發現，鯨魚谷也曾是迷漫悠藍、浪漫浩蕩的遠古海洋一座，而海洋裡悠游著群群落落的遠古鯨魚。

噢，與眾不同的遠古鯨魚。

和當代被關在海生館裡，無能為力又怔怔無語的小型鯨可不同囉。遠古鯨魚隨心所欲、桀敖不馴，他們稱霸了那一座曾經的海。

但當然，那是太久前的事。

人生來，星球轉。

嬰兒藍的洋流肚子餓了，小口小口地把沿岸巨岩啃光光。垂垂老矣的古城牆在某個漫長無事的下午趴倒，就再也爬不起來。就連時間也受了潮，分秒片刻，斑殘脫落，落了滿地的匆匆碎屑。

重新轉世後，曾經的海褪下藍，老成一片荒漠，只剩下一點點一點點的以往痕跡。

等，在細沙的深處。

*

盛夏，台北。

街頭的陽光亮燙刺眼。

髒兮兮的騎樓陰影中，有個流浪漢模樣的男子正情深意切，像挖掘一座失落古城那樣地挖著鼻孔。男子頭髮凌亂，濃眉大眼，他看來最多也就三十出頭，卻不知為何賴在街頭要死不活。

嗯，真不知道。

男子一面用拇指在鼻孔裡進行深度探索，一面茫然猜想，不知道過了這麼久，那些鯨魚骨頭是不是還記得海？是不是還想念家？如果忘記了？如果忘光了。那……那……男子皺眉困惑，那他們要怎麼回家？

在發現了這片谷地後，嘖嘖稱奇的古生物學家給了無名沙漠一個水氣繽紛的好名字：鯨魚谷。於是等在細沙深處的鯨魚骨頭雖然弄丟了浩蕩的海，卻至少還有個浪漫名字。

只是說，男子把黏黏的鼻屎搓成一球然後想，鯨魚骨頭被厚沙埋著，感覺不到沙漠上方的天空，但在那個遠在天邊、漫無邊際的埃及西部，天空，透藍如洗的天空，卻難道不是唯一能使人（或骨頭）回想起海的事物嗎？

天空。

男子恍然抬頭，透過騎樓、電桿和切切劃劃的電線，怔怔看著天空。

就是今天了，對嗎？和天空告別的最後一天。

他摸摸口袋，找出自己的最後一個五十塊，點點頭，嗯，就是今天。

他早就都想好了，既然世界對他失望透頂，他也對世界失望透頂，那不如就有種一點說掰掰。只是說，在盛大的道別前，髒兮兮的他認為，就算世界就是一團臭到沒道理的屁，他還是該好好看世界一眼，最後一眼。

所以他提出戶頭裡全部的錢，停停走走，出發旅行。有便宜旅宿就付錢洗澡，睡個好覺，沒有的話就睡在路邊，將死之人了，又怎會在意一點點髒？他和自己打勾勾約定，錢花完那天，就是死掉的那天。

看著手裡的最後一個五十塊，男人點了點頭。

咕——嚕——，他的肚子在這時發出空洞巨響，他沉痛閉眼，在窮到嚼牆時，人果真連好好傷心都難。

他表情抱怨地抽出屁股旁的水瓶搖了搖，鯨魚谷底的窸窸窣窣的荒涼，不知何時也爬入了礦泉瓶底。目前，礦泉水瓶的目測垂直水位，是三公分又多一點。

他轉開瓶蓋，把剩下的一點水倒入瓶蓋，水差一點點就要滿出來，卻被表面張力攔住，瀕臨滅絕的一點水在瓶蓋中形成一個透明而飽滿的微型世界。

流浪漢模樣的男子靜靜地看著瓶蓋裡的水，想最後一次感受那圓弧裡的透光舒服和冰涼平靜，再一下下，再一下下，他想，然後就可以出發。

可是卻有人打擾了他。

男子抬頭，發現有個男孩跌倒趴在他的正前方，男孩的手旁有一大碗翻灑在地的黑糖剉冰。

男孩可憐兮兮坐了起來，開始哭。

對於男孩何時出現、如何出現等重大謎團，流浪漢模樣的男子沒辦法想，也沒肚子想，因為他的視線已經化為輕盈冰透的六角形雪花片，飛舞飄落然後融化，在晶瑩剔透的黑糖剉冰配料上。

噢，芋圓？噢，紅豆，雖然不是他朝思暮想的油蔥湯麵啦，可親愛的老天爺啊，快瞧瞧那顆胖湯圓。

男孩持續哭泣。

流浪漢模樣的男子揉揉耳朵，勉為其難把視線從湯圓上挪開，輕聲對男孩說：「喂老兄別哭了，這只是一碗冰。」

男孩不理，持續哭泣。

流浪漢試圖搞笑：「喔喔喔，一直哭的話台北會淹水喔。」

男孩沒有在理，繼續哭。

流浪漢開始不耐，語氣酸涼：「喂喂喂夠了，要哭去其他地方哭啊老兄我很忙的。」

男孩停下瞪了他一眼，然後閃亮的哭意就又來了來了，慢慢地從孩子的眼角和眉邊爬出來了，流浪漢才要喝止，男孩就又哭了起來。

流浪漢好哀怨。

他不可置信抬頭看天，抱怨地想，到底搞屁啊？他都要自殺了耶！哪裡還有時間理路邊的小孩？然而這次，流浪漢親愛的老天爺顯然一如既往地沒有收到他的訊息，因為再來那男孩不僅沒閉上嘴，還一下把哭聲提到了天災地難的等級。

一秒。

兩秒。

三秒。

「啊啊啊啊啊啊啊！」流浪漢失控大吼，氣急敗壞地把自己最後的五十塊用力拍在男孩前的柏油路上。

路面粗糙而微溫，摸得到夏日的暖。

他收回手，沒好氣地問：「那個，現在的黑糖冰，應該不會超過五十塊吧？」

謝天謝地，男孩停了哭泣。

悲傷，卻帶一點驕傲，小孩抹掉鼻涕，直直地看著流浪漢然後說：「四十五塊就夠，可是你得陪我買冰，陪我回家，我才可以還你錢。」

流浪漢點點頭，表示同意。

風涼，一滴輕靈，吹過了髒兮兮的騎樓和臭呼呼的流浪漢，於是答，答答答答，他腦子裡的伏特小燈泡，也就答答答地亮。

「那個，你們家有東西可以吃嗎？」

吞下悲傷的蝴蝶

讀完了物種報告，昆蟲學家呆坐著，全然不知所措。

因為他眼前的那份報告描述了一種絕對、絕對不可能存在的蝴蝶。

報告來自一座名為「貓鬍子」的小鎮，匿名的報告撰寫人使用有時科學，有時童話的古里古怪語言描述了一種新品種蝴蝶。這種蝴蝶既不吸食花蜜，也不舔食腐果，這種蝴蝶只受到嘆息溫度和眼淚氣息的吸引，因為這種蝴蝶的主食是「悲傷」。

報告推論，這種蝴蝶的消化道裡絕對有種神奇的化學成分，能協助他們消化寒涼生冷的壞情緒，因為每次蝴蝶吞下悲傷，化學成分就會在蝴蝶體內跳起小舞，使整隻蝴蝶散發出隱約的光和熱。

悲傷越深重，光就越明亮。而每次吃飽喝足後，蝴蝶都會留下焦黑的甜屑屑。屑屑像煤灰也像餘燼，所以這種新品種蝴蝶——報告的撰寫人好心建議——就該被命名為「煤灰蝶」。

讀完了物種報告，昆蟲學家，昆蟲學家呆呆坐著，全然不知所措。

你和我不用是昆蟲學家，甚至不須是任何一種學家，我們也知道「吞掉悲傷的蝴蝶」怎麼可能是真的？簡直就是午夜夢裡刮出的風，和床邊故事裡掉出的想像，怎麼可能是真的？

但你我不是昆蟲學家。

剛滿二十五歲的昆蟲學家是個聰明人，他從小在紐約貴族高中長大，到哈佛拿了學士，在加州戴維斯拿了博士，到馬克斯普朗克研究院完成了博士後研究，然後才來到這座自然歷史博物館。

他聰明透頂的生命只有一個小問題，那就是他感受不到愛。

在稀少的安靜片刻裡，他會因此感到悲傷。於是他讀更多書、學更多語言、埋頭更多研究、造訪更多國家，什麼都好，可以塞滿思緒就好，可是他知道，他能感覺到，再多的學術成就和遊歷四方都填不了他內在的那個洞，洞裡的空無和悲傷一直都在，從沒走開。

吞食悲傷的蝴蝶嗎？吞食悲傷的蝴蝶嗎？昆蟲學家忍不住有一點激動。

和喜黑甲蟲、小真菌蚋、采采蠅的標本一樣，這盒莫名其妙的標本報告也沒有歸檔記錄，簡直就像憑空出現在這兒等著他發現那樣。

在該要裝著昆蟲標本的玻璃採集罐裡，只有一落顏色焦黑的粉末。

粉末像深厚如許的古老黑影，面無表情等在玻璃罐底，像已經等了一世紀，卻還可以再等，再等，再等上另一個世紀，或數千百個劫。

實在不知該如何是好的昆蟲學家，只好轉開玻璃罐，倒出粉就著燈細看。那粉末摸起來滑滑的，聞起來甜甜的，像烤焦的好餅乾。

他的第一個想法是：不可能。

他的第二個想法是：不可能。

他的第三個想法是：目前世界上約有兩百萬個已知物種，其中約有一半是昆蟲，而地球上到底有多少種「蟲」呢？也許永遠也不會有人知道。

吞食悲傷的蝴蝶？情緒真的能轉換成生物營養嗎？生物發光？是蝴蝶翅膀上的微生物嗎？舔食淚水？是在攝取大型動物淚滴汗水裡的微量元素嗎？那毛毛蟲呢？煤灰蝶的幼蟲，也以悲傷為食嗎？

那……那……那回憶呢？昆蟲學家被可能性的暴雨雲襲擊，如果悲傷被吃掉了，那……那和悲傷相連的記憶也可以一起消失嗎？如果一個人的悲傷全都不見了，那他還是同一個人嗎？如果……如果他真的找到了這種蝴蝶，他是不是就可以不再感到空洞？一輩子都能安安全全地過？

想到這裡，昆蟲學家用力搖頭，灰暗地想，這東西怎麼可能是真的。

可是。

可是。

可是演化，是緩慢的過程。

如果這世界上，真有一種生物以「悲傷」為食，那這種生物不是將前所未有地強大嗎？永遠也不怕肚子餓，永遠也不怕沒食物，畢竟從人類文明初始以降，人們粗製濫造了這麼多、這麼多的悲傷。

真的可能有某個物種——就在現在這當下——正安靜分解著悲傷嗎？像微生物降解枯木、聖甲蟲團走糞便，和亮晶晶的蟻群迅速搬走每塊蛋糕屑？

昆蟲學家想起了那群五年級小朋友的學習單題目：「你想成為哪種科學家？」

每個人都在找答案。

每個人在用自己的途徑，尋找某種形狀的答案。

每個領域的科學也都在找答案，心臟學家沿著血管走，爬蟲學家摸著鱗片走，天文學家跟著星光走，看著煤灰蝶的物種報告，昆蟲學家的心咚咚跳個不停。

如……如果真的有種蝴蝶食用悲傷，那……那他也許能夠成為消除悲傷的那個科學家？

消除人類的悲傷。

消除自己的悲傷。

這難道不是量身訂做，專屬於他的解答嗎？

當然了前提是——他心裡一個小到不行的聲音指出——這得是真的才行。然而擁有透明眼神的昆蟲學家忽略了那聲音，他甚至差點忘了錯置的喜黑甲蟲、小真菌蚋和采采蠅標本。他只是一直想一直想，如果真的有種蝴蝶食用悲傷？如果真的有種蝴蝶食用悲傷？如果他能把自己剩下的最後一點感覺也殺掉？

他心神不寧地把標本分別放到鞘翅目和雙翅目，然後他偷走了煤灰蝶的標本報告，離開了第二十五號標本室。

是誰等在冰箱裡

「她不在家。」男孩推開門：「所以你進來吧。」

站在男孩身後的流浪漢回頭望了眼外面的世界，公寓外的世界多彩俗氣，右邊隔壁的人家裡有名胖大嬸在曬蒜頭，路邊的計程車底有隻胖貓咪在打盹。世界很安靜，像整個夏天都停下等他做決定。流浪漢摸了摸咕嚕作響的肚子，聳聳肩，踏入老公寓。

啊，森林。

流浪漢想。

這地方就像座森林。

老公寓空間寬闊，擺設整齊，門邊的櫃子擺著男孩和他姊姊、他的母親，然後他阿嬤的合照。濃厚的正午陽光照透綠色窗簾，像陽光照透闊葉植物的巨大葉片，這使整個空間流動著綠色的光，清甜透亮。

流浪漢深深呼吸，聞到了空氣中的糖果味。

你也知道，那些能推移生命動向的好靈感都像漫天細雨裡走避紛紛的什麼，它們低調至極，是開溜專家，亮晶晶的它們和你擦身而過——使你忍不住停腳回望，差點就要能想起失傳的溫暖和力量——卻又隨即消失在灰雨滴間，使你失落嘆息。

在初踏入老公寓的清脆片刻裡，聞到糖果味的流浪漢差一點就要想起對世界的渴望，或別自殺的理由，但接著他就看見了盆栽，他的嘴角上揚。

老公寓的窗邊有一大盆被紗網罩住的盆栽，網子邊邊打了結綁了線，就像屋主人沒事就擔心自己的好盆栽有天會恍然大悟，密謀奔跑，跑給人追那樣。

「那是什麼？」流浪漢用下巴指指盆栽，揶揄地問。

「是家人。」男孩打開新買的冰。

「你阿嬤把盆栽當家人喔？」他想起照片裡的老奶奶，嘴角上揚，預備要笑。

「是毛毛蟲啦。」男孩塞了一大口冰到嘴裡，含糊地說：「毛毛蟲。」

男孩一說，流浪漢就看見了。植物的葉面上有毛蟲，而每條蟲都色彩鮮豔，暗示了毒毒毒，我超毒。流浪漢隨即失去笑意，他退一步，再退一步，退到客廳邊緣，看男孩自顧自大快朵頤，覺得真沒意思。

「所以那個，」流浪漢問：「你們家，還有其他東西可以吃嗎？」

「廚房。」男孩指了指客廳角落的門：「自己找。」

流浪漢和男孩道謝，挪動步伐，進入廚房。

哇喔，如果客廳是森林，流浪漢摳摳耳朵，那廚房大概就是提姆波頓版的邪惡潮間帶。

廚房裡的「鍋物多樣性」趨近於零，放眼看去，沒炒鍋也沒煎鍋，只有超級多的湯鍋。款式各異、材質不同的湯鍋像貝類，密密麻麻，倒扣堆疊在廚房的高低邊沿，像一年一度的湯鍋研討大會。

流浪漢冷靜地看著廚房，點了點頭，決心忽視眼前的全部古怪，他邁開長腿，繞過湯鍋群，滿懷希望地打開角落的綠冰箱，看見了黑糖甜饅頭、蜜地瓜、輕起士蛋糕、半包棉花糖、牛奶巧克力、養樂多、蘋果派和一塊棗泥核桃大花糕。

他面無表情關上冰箱，等了幾秒，再次打開冰箱。無奈天不從流浪漢願，重新開門顯然屁用也沒，於是他看見的還是黑糖甜饅頭、蜜地瓜、輕起士蛋糕、半包棉花糖、牛奶巧克力、養樂多、蘋果派和一塊棗泥核桃大花糕。

流浪漢砰一聲關上下層冰箱，打開冷凍庫，他看見了紅豆粉粿冰棒、卡式達奶油泡芙，和一大盒古早時用來裝冰淇淋的粉紅保麗龍盒。

咕噥抱怨、髒話消音之餘，流浪漢也注意到，冰箱上層其實壞掉了，冷凍庫失去了該有的白雪紛紛和極地溫度，什麼都半融不化，想像中的北極熊沒地方站。

有氣無力地，他逐一拿出冷凍庫裡的東西，想至少該把它們移入下層冰箱，卻沒想到在動作間，在冷凍庫的後方空隙發現了一盒冷凍水餃。水餃盒上還附了一袋芹菜蝦米油蔥酥。

餓壞的流浪漢嘴角上揚，整個人發出一點點光，他忘了冰棒、泡芙和粉紅盒，全心全意地捧出冷凍水餃，再找了個輕薄光亮、看來最不邪惡的小圓鍋，接了水開了火，就要來煮他的最後一餐。

你想不想聽個夢

水咕嚕咕嚕滾，咕嚕咕嚕滾。

流浪漢模樣的男子站在鍋邊，專注等待。他完全忘了那剛從冷凍庫挪出，還正等在木桌上的冰棒、泡芙和粉紅色保麗龍盒。冰品在夏日的廚房裡度秒如年，點滴融化。

流浪漢畫圓攪動鍋中的水，沒注意到廚房裡有個什麼東西，和冰棒泡芙粉紅盒一起，也正慢動作融化。

流浪漢打開冷凍水餃的盒蓋。那個什麼東西也悄悄、偷偷地推開了粉紅色的保麗龍蓋。

流浪漢咚咚咚咚，把水餃一顆顆丟入鍋中，他嘴角上揚，嘆了口氣。那個攀爬而出的什麼東西，把自己懸掛在粉紅盒沿，也嘴角上揚，嘆了口氣。

流浪漢迫不及待，挑出一顆餃子，劃開試吃、咕噥抱怨，再把水餃放生回鍋。在純金的午後陽光裡，流浪漢模樣的他對自己說，再等一等，再等一等，大功即將告成，大功即將告成，吃完了這一頓，就可以好好說掰掰。

可是就在他拿好碗，準備把水餃夾出時，他卻聽見自己身後有個什麼東西打了個大呵欠，那個睡眼惺忪的聲音接著說：「啊啊喔喔齁齁，這都是個什麼夢啊？」

鼻頭冒汗的流浪漢微笑著轉過身來，看見了鬼。

嗯？他笑著想，什麼鬼？

透灰、淡粉和淺紫色。

那個鬼首先是透灰色的，像蒼白霧氣和遠古灰塵被隨意拌在一起，再捏成一個女孩。然後才是淡粉和淺紫色。透灰色的小女孩看起來大夢初醒，全身上下沾滿半融不化的冰淇淋。流浪漢看看女孩頭髮上的草莓和芋頭冰淇淋，再看看她身後半開的粉紅色保麗龍盒。

流浪漢露出苦笑，覺得想哭。

「那真的是個好怪的夢啊，你想聽嗎？」透灰女孩像世界尋常、毫無古怪那樣開啟了對話。

流浪漢嘴巴開開，動也不動，心想他才不怕，這輩子他什麼狗屁沒見過，為了好好死掉，他已經來到這麼遠的地方。

透灰色東西把鼻尖湊到流浪漢臉前，瞇眼打量然後問：「喂，你為什麼不說話啊？」

流浪漢連頭髮都沒動，他只是憂傷地看著透灰色的女孩，心想著他等下要吃掉的最後一頓水餃。

「是個安靜的傢伙呢。」透灰色東西敲敲下巴，若有所思：「嗯……那不然，我直接把夢弄給你看吧？」

於是停留在一二三木頭人狀態的流浪漢還沒來得及討價還價、半推半就，或拔腿就跑，透灰東西就伸出手，碰了碰流浪漢的額頭。

流浪漢忍不住縮了縮，因為冷，因為那感覺就像整個人被推入融化中的冰淇淋桶裡，濃稠多彩，甜到有剩，卻又滿是悲傷。而且接下來，他果真直接看到了透灰東西的第一個夢。

喜黑甲蟲的悲傷
Melanophila

咕嚕嚕，咕嚕嚕。

小不隆冬的阿謎張開眼，醒過來。

推開沉悶透明的夢，攪動卷的旋的時間的霧，只穿了件透灰睡衣的她爬出躲藏處，東迴西轉地步入暗掉的大宮殿。

漫不經心，她走過十道空蕩的迴廊。

睡眼惺忪，她晃過八座高大的石門。

光著腳來到大殿中心，孩子停下納悶，嗯……大家怎麼都不見了？黑掉的宮殿像蛀穿了的牙，悠黑空蕩的缺口裡，沒有溫度沒有線索，沒有同伴也沒有光線，只剩大量黑影一卷卷一落落一捆捆一團團，堆在宮殿的每個角落，像搬家後人們沒力整理、開箱檢視的記憶。

啊……怎麼只剩下她一個？

該不會……該不會是把她給漏掉了吧？每個人都出發了到了另一個地方卻沒把她叫醒。小阿謎握緊拳頭，越想越急，越想越傷，最後只好伸出手，用胖胖的手用力摸著宮殿的老石牆，摸到了牆上的字，她才覺得好一點。

寬大古老的宮殿以石造成。圈固界限的厚石牆黑到了底，就像古廟後方泡著水漬的斑駁石碑，或清冷寂寥的夜。和尋常石牆不同的地方在於，這座宮殿石牆的每方平面和每折迴角上，都刻滿了字。

阿謎不是什麼好學生，所以牆上的字她從來不懂不會，可是只要摸到牆上的字，她就至少知道，自己還在熟悉裡。

也許她該東張西望瞧一瞧，搜尋大家的蹤跡？

點了點頭下決心，她開始行走，一圈圈繞，一圈圈找，直到流動於殿柱間的光越來越少，直到她離熟悉的區域越來越遠，直到宮殿越來越暗，深影越來越濃。感覺就像慢慢走入一整鍋打翻在無重力空間裡的黑咖啡：清冷、棄置、酸掉了沒人想喝的那一種，或忽視之下慢慢壞掉的心靈狀態。

然後然後，就在最沒有香料最沒有糖，最黑又最苦的頂點上，阿謎聽見了有誰在哭。

她停下動作，小心傾聽，確認哭聲是從一扇白門後傳來的。她踮著腳尖走近。探頭往門後望，卻發現哇喔！門後更黑了！不管她怎麼瞇眼，就是什麼也瞧不清，她只能聽出那一個聲音清冷悲傷，敏感節制，給人權威古老的感覺。

啊，孩子腦子裡的燈泡答答答亮，她知道那是什麼了！

那是「老師」！

沒人見過老師真實的模樣，宮殿裡的居民只知道，老師是石牆刻字的守護魂，是出沒在牆陰影處的稀有聲音。石牆上的刻字就是因為有老師，才不渙散迷糊，而得有了字的祝福，石牆才能屹立不搖，於是每個小孩都該對黑影裡的聲音謹慎尊重、禮貌崇拜。

可是為什麼……為什麼這個老師會這麼悲傷呢？阿謎用盡全力瞇眼瞧，卻什麼也看不清，最後忍不住的她只好推開門，非常、非常小聲地說了聲：「嗨。」

咚一聲，有個什麼從高處落下，悶聲掉入軟綿綿的影子堆。

「請……」阿謎對著不見邊際的黑發問：「請……請問是老師嗎？」

過了好幾好幾秒，深不可測的影子裡才終於傳來回應，那個聲音清清喉嚨，倨傲地說：「這年頭的小孩都不敲門的嗎？」

「噢……對不起，」阿謎抓抓頭，硬著頭皮問：「可是老師，那個，大家都不見了。請問老師知道他們在哪裡嗎？」

「怎麼會問我呢？」聲音說。

「因為你是老師啊。」

「我從來都不和大家在一塊。」

「噢……」阿謎有點失落，她皺皺眉，然後問：「所以……老師你也被留下來了嗎？」

「留下？」

「嗯啊，留下。」阿謎點點頭然後說：「大家都離開了卻忘了和我們說。」

黑影裡的聲音輕輕笑了，她的笑像埋伏地底的河，暗祕、涼冷而絲綢。

阿謎有點不服氣，她伸出手，指著蔓延四方、清冷古怪的影子說：「就是這樣啊，而且大家還忘了把影子帶走，才讓宮殿暗成了這樣。」

「你確定這裡不是一直都這麼暗嗎？」

「確定啊。」阿謎搔頭、皺眉，然後嚇壞地發現自己其實什麼也記不得，昨天前的事像掉入熱牛奶的甜餅乾，迷離恍惚，沒有形狀。

黑影裡的聲音嘆了口氣說：「唉，他們不見就算了吧。你把自己的日子過好就行。」

「可是，他們怎麼可以漏掉我？」感覺四周的空蕩，阿謎帶著一點恨意說。

「不可以嗎？」老師問。

「我沒有……我從來都沒有……」阿謎垂下肩低下頭，然後在全然的黑裡她眨眨眼，靈光一現，她抬起頭，很慢很慢地問：「老師，你覺得我們……我們可以當朋友嗎？」

「朋友？」聲音輕聲問。

「嗯，朋友。」

「憑你嗎？」聲音語帶嘲弄。

「啊？」

「算了吧。」黑影底的聲音嘆息。

「可是我從來都沒有……」在話說完前阿謎就被推出了門，在推、拉、扯間，阿謎碰到了聲音的身體。

啊，阿謎心想，原來聲音的身體毛絨絨的啊，讓她想起童話森林裡的大黑狼，或某種她那時還不認識的東西。還來不及想清楚呢，喀答，門就被輕輕關上，像明明說了，卻沒人聽見的話。

站在門前，阿謎鬆了口氣，嗯，宮殿暗掉了，嗯，大家都走開了，嗯，她什麼都忘了，可是至少她現在發現了黑影裡的聲音。

*

赤足輕盈咚咚咚，在暗影環抱的石頭宮殿裡晃蕩久了後，阿謎發現兩件事。

第一，宮殿裡其實到處都是一種小飛蟲，一種好黑好黑，比炭還黑的蟲。小飛蟲因為太黑了，所以就完美地融入無所不在的黑影裡。若不是有天中午她剛好晃過宮殿裡唯一那扇有點破掉的窗，她也不會發現這個蟲。蟲蟲迷你鞘翅上有亮亮的白點，亮點使她想起晴朗夜裡添了玻璃砂的柏油路面，使她心情美好、平安溫順。

第二，沒朋友的日子一點也不好玩，除了有著亮亮翅膀的小蟲，阿謎是一個說話的人也沒。

所以每過一陣子她就發明全新的藉口，再次回到白門前，想方設法塞紙條、偷敲門、東扯加西問，而黑影底的聲音縱使神祕匆忙、諷刺悲傷，卻也從沒把門真正關上。

白門總是輕輕推，就開。

慢慢地、慢慢地，比陸塊移動還慢還不可思議地，阿謎覺得自己好像真的和聲音成了朋友。她滿心雀躍地發現，聲音是真的滿肚子學問，老石牆上每一顆阿謎學不會也讀不懂的字，聲音都熟習在心，因為聲音是字的學家。

心情晴朗時，黑影裡的聲音會拉長身體，繞著阿謎，浪漫無比地和她說字的故事。在那種時候，阿謎就目眩又神迷、困惑又心動，在那種時候，她就會覺得自己果真得到了全世界都沒，只有自己有的寶物。在那種時候，她就會覺得如果能把自己給掉就好了，如果把自己給掉就能留下聲音就好了。

黑影裡的聲音優雅而挑剔，不喜歡不純粹的東西，可是她還是會一個一個收下阿謎心甘情願擺在桌面的禮物，像是初吻、身體和愛情，在那種時候，阿謎就會深深深深，深感榮幸。

每個字都有各自的過往和心事，若想學到字的底層祕密，黑影裡的聲音說，最好的方法是拆解。

「字也有祕密嗎？」阿謎有天問。

「每顆字都有祕密，你也有祕密。」秉持一貫的神祕，聲音點點阿謎的鼻尖說。

「我才沒有咧。」阿謎不以為然。

「有。」黑影底的聲音說：「誰都有連自己也不曉得的祕密。」

「那我是你的祕密嗎？」阿謎忽然問。

「嗯，雖然我住在影子裡，卻不代表我怕光。」那天午後，黑影裡的聲音和阿謎一起站昏暗宮殿裡的一面大鏡前，誰也看不清誰的臉，可是阿謎清清楚楚地記得，那天聲音確實是說了：「你才不是我的祕密。」

然後快快地、快快地，比熔岩烤牛排還快還不可思議地，阿謎和聲音越來越近。在翻飛無邊的影子裡，她倆說文解字、談天傾述、不期而遇，她們親吻、擁抱、舔舐彼此的傷口和開口。許多年後想起來，阿謎有時會問自己，所以那時的那些是愛情嗎。她答不出來。

那時的她只知道，黑影裡的聲音雖然神祕古怪、隱喻重重，卻始終是那段時間裡唯一接住了她的朋友，噢不只是朋友，還是老師、戀人，甚至類似自己等了百年，卻一直沒登場的母親。

難怪當有天聲音忽然消失時，她是完全不能接受，也絲毫無法走開。

消失發生在某個錯誤的禮物之後：一個精挑細選的，左肩上的刺青。黑影裡的聲音在看了刺青後，只淡淡地說了句：「你不知道我要的是什麼，對吧？」就以阿謎追不上的速度走開。

阿謎慌張追上，卻跌跌撞撞追不到，聲音消失在宮殿邊角的某扇門後，就再也沒出現。

一開始還好，阿謎悲傷地回到一開始遇見聲音的白門邊，抱著膝蓋等，一個小時一個小時等，等一等有時她會哭出來，肩膀都還在痛，聲音怎麼可以不回來？

再後來就多了一點怨怪，她把自己能給的都給掉了，聲音怎麼可以不回來？

沒了聲音的石頭宮殿成了場死不掉的糟糕夢，她的不顧一切的愛情全在祕密一般的黑影裡談成，現在聲音說不見就不見，那她的初戀到底是真？還是假？

更糟的是，阿謎還開始覺得餓，就像入夜後的非洲大草原，她覺得自己的裡面總有瞳孔發亮的飢餓低伏著。

一段時間後她開始找，翻箱吹塵地找，但是宮殿實在太暗啦！什麼也看不清，所以她就來到那扇破掉的松木窗前，執拗地想，一點點就好。只要有一捏捏的亮，和粉末碎屑的光，她就能看清楚，確定自己經歷的一切為真，而不是別人說的胡思亂想。

所以她伸出手摳，一塊塊一片片地摳，直到窗木薄少透光，直到老窗開了個口，直到質地清冽的陽光一滴滴滴流入宮殿，如果這時候她停下，那也許就沒事了，也許她可以安穩地活在石頭宮殿裡，什麼都不知道。

可惜她停不下來，阿謎太冰冷太絕望太不甘心了，所以她繼續。

她摳摳摳，直到尖硬的窗木刺破她的手指頭，直到粘膩的血溜滴滴地流出來，然後毫無警告地，一塊陽光掉下來，兩塊陽光掉下來，然後啪一下地整塊天空的陽光，全都啪搭啪搭掉下來。

忽然間，全部的影子都不見。

忽然間，全部的祕密都消散。

站在第二十二扇石門邊旁的阿謎收回手，在揚起的灰塵裡打了個噴嚏，然後迫不及待回過頭，有點太早地看見了眼前的世界。

她小小的腦袋先歪到右，再倒向左，不解自己看見的，怎麼不是繁美的宮殿？而是一座翻了碎了倒了，傷了破了壞了的廢墟呢？

一隻小黑蟲在這時停上阿謎的肩，她側頭，看見小蟲鞘翅上的亮點點，然後看見肩膀後方的嬰兒藍天，和由天而降的圓弧的陽光，看見陽光如何穿透自己的身體，像照透一整座無邊際的夜。

在那一天她知道，長久留連在廢墟裡的霧，得在今天散了。

最後一次，阿謎來到白門前，輕輕把手放門上。

那天的白門是破的，不能關也不能開，門板單薄，卻篤定有效地劃開了兩個世界。穿著透灰睡衣的小孩回頭看廢墟，她知道，知道廢墟將比她還久還長地存於這個世界，久到前情後事都滑倒，久到全部的故事都說完，久到人們都忘了這兒曾發生過什麼，廢墟也還會在，可是她不用在。

霧散的前一秒，阿謎最後記得的，是她多希望聲音裡的祕密和假裝，可以隨那天灰撲撲的霧一起，好好散。

流浪漢的大逃亡

夢境來得快，去得也快。

忽一下就被無形的風吹散。

由深黑夢境掉回當下世界的流浪漢跳了起來，大喊大叫。「啊啊啊啊啊啊啊那是什麼鬼!?」

他哆哆嗦嗦拍打全身，想把沾在自己身上的夢境屑屑都拍掉。他慌忙掃視四周，看見了翻倒的湯鍋、灑出的白湯和涼掉冷掉、死在地上的水餃，他覺得自己的心也涼了冷了，然後他又聽見了那個呵欠聲，流浪漢回頭，看見了那個透灰色東西。

那個該死的透灰色東西現在站在書架旁，一個完全累壞、就要睡倒的模樣。她透灰色鼻孔緩緩流出一條透灰色的鼻涕，她一吸，灰溜溜的鼻涕就灰溜溜地縮回了灰色的鼻孔裡。

流浪漢瞪大眼想，有時候他真他媽希望自己的人生可以至少附份說明書，有圖解的那種，但當然，他的人生不是什麼他媽的IKEA，而且在流浪漢冷靜下來前，透灰色的「鬼」就消失了。

呃確切來說，是化開了。

輕輕的滴一聲，透灰色東西像被倒入熱紅茶的油滴滴奶精球，她身上的透灰先盤繞翻卷、再均勻流轉，然後她就那樣淡掉了，一度度淡掉在透明無色的空氣中。

流浪漢覺得自己的腦袋就要爆炸了，像台南的那頭抹香鯨。

然後轟！客廳裡的老電視選在這秒迴路故障、起火悶燒，冒出黑煙，像裡面睡了頭沒在管別人感受的蜷曲的龍。

「哈哈哈哈！」流浪漢歇斯底里大笑出聲，罵了句：「臭他媽的王八蛋。」就邁開大步，直接了當離開了公寓。

Part Two

找到白蝴蝶，就能不悲傷嗎？

最早出場的甘蔗

他們說，貓鬍子是先有糖才有鎮。

他們說，在一開始，貓鬍子就只有一片甘蔗田。

剛馴化沒多久的古甘蔗約在西元前四千年左右來到亞洲東南部，發現了這亞熱帶島嶼上的南方平原。平原上的陽光和雨和土壤全然擄獲了甘蔗的心，於是甘蔗長久停留，沒再離開。

對於甘蔗的甜，中世紀的歐洲貴族們是夢寐以求，卻求之不得。他們也想在自家後院種出這樣甜美精緻的好作物啊，卻一再失敗。上個世代的統治者巧妙地捏住了歐洲人的欲望線頭，在一九〇六年的貓鬍子鎮造了糖廠，和其附屬的宿舍、公園和學校。經由販賣甜美，統治者賺進了綠花花的鈔票，肥滿了錢包。

可惜人生來，星球轉，種植成本便宜的甜菜沒多久後粉墨登場，再來戰爭結束，島嶼歸還，統治者也只能摸摸鼻子退出島，以甘蔗為基底的製糖業也跟著一起沒落。

貓鬍子鎮的糖廠低調安靜，持續營運，廠房旁的宿舍卻年久失修，沒人照看，於是夢境藍的窗框歪掉，窗格裡的玻璃裂開，就連屋簷也散落紛紛，像曝晒在烈日和時間下的鬆散的繩，再也綁不住什麼，黑溜溜的影子在廢墟屋角年年生長、月月深沈。

「埃……」看著眼前的廢棄宿舍，阿糖的臉比感冒藥還苦，他響亮抱怨：「埃及斑蚊，就說了我一點也不喜歡這個地方！」

「噓噓噓！先別大聲。」埃及斑蚊摀住阿糖嘴巴，左張右望了好一下子，最後才終於點點頭說：「嗯……好像安全。」

「什麼安全？」阿糖悶悶地問。

「沒什麼。」

「埃、及、斑、蚊、到、底、是什麼？」

「哎別一直問，」埃及斑蚊揮揮手說：「反正你在這等，我拿個東西很快出來。」

「埃及斑蚊，不要進去。」阿糖拉住她。

「可是魔法湯的下一個材料就在裡面。」

「這是別人的地方。」

「這也是我的地方啊。」

「啊？」

「在你轉學來以前，我可是天天都在這裡晃。」

嗯，女孩的綽號正是埃及斑蚊，會傳染登革熱的那一種。埃及斑蚊原先的名字也許是佳文、家紋，或嘉雯，但進了小學到了宣導防治蚊媒傳染病的季節，我們的佳文、家紋，或嘉雯就成了昆蟲綱雙翅目家蚊亞科的埃及斑蚊。

「你就換個簡單點的願望嘛。」男孩說。

「不要。」

「世上有那麼多好願望。」男孩拍掉手腕上的螞蟻，帶著小小的得意說：「像吃到一百種不同口味的冰淇淋，每本課本都變成甜餅乾，或找到糖果神明的確切下落等等的，這些啊，不是我在說，我都能幫一點忙。」

「書變成了餅乾還能讀嗎？」

男孩一愣，想想後說：「當然可以啊。」

「世界上哪有什麼糖果神明？」

「你又知道了喔。」

「不管啦。」埃及斑蚊搖搖頭：「就是要煮那個湯。」

至於小男孩的綽號，則顧以上暗示思義，是阿糖。

像一塊最好的即溶方塊糖，阿糖是那種懂事大方，討人喜歡的男孩。他的口袋裡永遠都有甜餅和彩糖，身上總有三兩隻螞蟻和一股濃郁鮮明的糖果味，讓他聞起來像白日夢和遊樂園，是輕藍色的甜、泡泡糖和棉花糖的甜。

如果有人問起那味道，阿糖會背公式般回答：「喔那是因為我和阿公住在糖廠後面的老甘蔗田，每天被煮糖的濃煙吹啊吹，就算不想也得有個味。」

男孩的全部回答都簡單大方，坦然自在。每個人都喜歡阿糖。

至於埃及斑蚊呢，就和阿糖有點不一樣。

埃及斑蚊古怪彆扭，頭髮亂翹，每天把頭埋在書裡面，還很常對自己的手指頭說話（每根手指有不同名字，有時他們會吵架）。

在阿糖轉學來以前，因為實在沒人想理她，埃及斑蚊就天天在廢棄的糖廠宿舍群裡遊晃。

誰都知道埃及斑蚊沒朋友。

直到有天，再也忍不住的埃及斑蚊非常、非常小心地向某個同學透露，說她其實在廢棄宿舍裡交了個非常、非常要好的朋友，那個朋友有學問又溫柔，是她這輩子認識過最厲害的人。

耳語傳開，聽了這事的同學們面面相對，個個都覺得說不通。宿舍年久失修，每間都是嘎茲嘎茲的鬼屋，怎可能還有誰在那裡面？

埃及斑蚊把不相信的同學和老師一個個拉到廢棄的宿舍裡，想讓他們見見自己的好友，可是每一次每一回，她那神祕的朋友不是深深躲藏，就是剛好不在，到最後索性消失，連埃及斑蚊自己也找不到。

說真的，都什麼年代了，哪個孩子沒有想像朋友？

埃及斑蚊的鬼屋事件從頭到尾都不是個什麼事，可是大家的「不相信」卻讓她大受打擊。埃及斑蚊大哭大鬧、堅持到底，紅著眼睛瞪著大家說：「明明就是真的，明明就是真的啊，你們為什麼都不相信我？」

這件事讓老師同學們更不理她了，誰見了埃及斑蚊都轉頭走掉。

阿糖在這事發生後不久出現在貓鬍子鎮，成為大家都喜歡的那個男孩。可是這樣的一個男孩，卻成天追著埃及斑蚊跑，沒人知道為什麼，但總之埃及斑蚊慢慢不哭不鬧了，慢慢終於有了個真的、形影不離的朋友。

*

埃及斑蚊跨過柏油路和宿舍間的界線，步入廢棄的老屋，留緊張兮兮的阿糖在外瞇眼又擦汗。

團團黑暗中，埃及斑蚊熟門熟路來到一扇白門旁，蹲下摸索，撥開泥土、枯葉和一條粉粉嫩嫩的蚯蚓，找到了想找的東西。埃及斑蚊退出老屋，蹦蹦跳跳跑回阿糖身邊，眉眼亮樂地向他伸出手，說：「看。」

那是一塊墨黑古雅的長方紙鎮。紙鎮的側面行雲流水地刻了行浪漫的字：「秋水共長天一色」。見了這個，阿糖有點說不出話，好幾好幾秒後，他才說：「埃及斑蚊。」

「嗯？」

「這是誰的東西？」

「我以前的一個朋友給我的啊。」

「你……和那個當了很久的朋友嗎？」阿糖輕輕問。

「嗯，一、二年級的時候吧。」

「那……」阿糖若有所思，望著破敗的老屋問：「那是什麼感覺？」

「就……大家都覺得我很怪，可是又沒人相信我。」

「那你現在還會看見她嗎？」

「沒有了。」埃及斑蚊搖搖頭：「很久沒看見她了。」

阿糖聽著，沒有回話。過了一會兒他非常認真地問：「埃及斑蚊，你到底為什麼要煮那個湯？」

「和你說過啦。」

「那就不是真的答案。」阿糖有點氣急敗壞。

「好啦好啦，」埃及斑蚊把紙鎮塞入包包，一派悠哉地說：「以後再說，現在太陽要沒了，我們得回家。」

有點不情願的男孩沒再追問，兩個小孩慢慢走開，留老宿舍泡在慢慢稀薄的傍晚光線裡，默不吭聲。

陷阱抓到了小孩

悲傷是什麼呢？

抵達了貓鬍子鎮後，昆蟲學家仔細觀察了小鎮邊沿的植物分布，也找到許多常見的蝶蛾食草，只是說，如果他想找的「煤灰蝶」真的「只食用悲傷」，那他的所學所知就將全部失去用處。

他才不是什麼悲傷的專家。

他終其一生都在躲避悲傷。

站在貓鬍子鎮的守界橋旁，昆蟲學家深吸了口亞熱帶特有的暖好空氣，略帶感傷地決定找了再說。

他從舊背包裡翻出一個小瓶，在石橋邊用泥土枯葉圍出了個小圈，再把玻璃瓶內的神祕液體倒入圈中，最後找了幾片形狀奇特的樹葉做標記。

猜猜瓶裡的液體是什麼？

是他今早在車站廁所裡新鮮收集的尿液。

嗯，對，尿。大型哺乳動物的淚滴、汗水和尿液裡的「鈉」和「氮」是蝴蝶不可或缺的飛行養分。雄蝶有時還會特意搜集，集結成滴，再把養分送給雌蝶當禮物。

如果尿液不管用，還能用啤酒或在熟透的香蕉上撒點糖，這些東西擺在蝴蝶的出沒點，就是最好的陷阱。

完成陷阱，昆蟲學家擦擦手，背好背包，在滿是陽光的晃蕩的風裡，經過橘子樹和古早時運送甘蔗的鐵軌，步入舊街。

環顧街道四周，昆蟲學家蒼白的臉露出微笑，他發現自己來到了個到處都是食物的好地方。一眼看去，他看見了紅豆湯、雞蛋糕、香菜春捲、中藥炸雞、茴香韭菜盒、燙口油嫩的炸豆腐，和滾燙甜稠的好羹麵。各種熟食甜品在初夏的盛好裡冒著香氣，百花爭豔，招呼客人。

昆蟲學家找到旅店，擺好行李，再帶了紙筆，到隔壁的冰果店點了果汁坐了下來。那天的陽光是杏黃色的，又甜又暖，把整座鎮的眉頭都曬了開來，雖然長途跋涉、四處旅行是累人的事，昆蟲學家想，但這些地方真漂亮。

「煤灰，灰燼，食用悲傷的蝴蝶，你會在哪呢？」拿著筆，用筆敲著空白的筆記本，昆蟲學家皺眉頭，想起一種忘了在哪兒看過的蟲，他在筆記本上一筆一劃地畫了起來。

*

鐵軌旁，橘樹上，停了隻不甘寂寞的蟬。

明朗的夏日午後，風騷的蟬用盡力氣發出訊號：渣渣渣渣哇——渣渣渣渣哇——

「開了喔！」米香老闆大喊，然後他轉開壓力爐，蹦的一聲轟天巨響，胖嘟嘟的米香粒被沙沙沙地刷入大鋁盆，老闆用手迅速把米捏鬆，轉身攪拌爐上冒著泡的糖，把糖淋上，攪拌均勻。

被巨響嚇到的蟬閉上了嘴，它有些受寵若驚，有些臉紅心跳，畢竟等了一輩子也從沒有誰給過它那麼大聲的回應，蟬害羞地考慮幾秒後，抖了抖翅膀飛走。

昆蟲學家漫步回到守界橋，可是七遠八遠的，他就看見有兩個小孩蹲在他設的陷阱旁，吱吱喳喳、戳戳弄弄。他隨即覺得大事不好，他跨開大步，像頭笨拙的長頸鹿那樣跑到兩個小孩面前。

「你們……」丟下背包和筆記，他喘到不行，勉強問道：「……在幹嘛？」

手裡捏著那幾片葉子的女孩眼睛溜亮，滿臉好奇。她發問：「嗨你好，可以問這是什麼嗎？」

「呃，」昆蟲學家說：「樹葉。」

「我剛剛嚐了嚐味道。」女孩說。

「什麼？」昆蟲學家說：「你說什麼？」

「哎，埃及斑蚊，要先自我介紹啦。不好意思啊，」男孩擠進來說：「我是阿糖，她是埃及斑蚊。」

「味道怪怪的啊，我吃不太出來啊。」埃及斑蚊自言自語。

「是這樣的，」阿糖解釋：「因為剛剛這裡有好多蝴蝶喔，所以我們停下來看。」

「所以到底是什麼呢？」埃及斑蚊問。

昆蟲學家表情鎮定，內在卻坍塌了，她剛剛是說自己把葉子放到嘴裡了嗎？誰……到底是誰會把路邊的樹葉放到嘴裡啊！他清清喉嚨，整理思緒，最後才勉為其難地說了：「可……可以請你把那個還給我嗎？」

埃及斑蚊把沾了神祕液體的樹葉擺到屁股後，說：「那你先告訴我這是什麼？你知道的，我在煮一種魔法湯。」

「什……什麼魔法湯？」昆蟲學家結結巴巴，反應不過來。像察覺到他的驚恐，夏日暖風在這一秒悠哉晃過，順手翻開了昆蟲學家丟在地上的筆記，紙頁翻飛，停在他剛才畫畫的那頁。

「喔!?」女孩眼睛瞪圓，像貪官瞥見珍寶，馬上又指著筆記問：「那那又是什麼？」

「啊？」

「那個啊，那是什麼東西？」埃及斑蚊問。

「喜……喜黑甲蟲啊。」瞥了一眼自己的塗鴉，昆蟲學家虛弱

追問：「可以把葉子還給我嗎？」

「什麼甲蟲？」埃及斑蚊興奮反問。

「你……你還給我我就和你說。」昆蟲學家說。

「你和我說我就還給你。」埃及斑蚊說。

昆蟲學家嘴扁扁，覺得孩子都是惡棍。他一屁股坐到地上，垂頭喪氣地說：「喜黑甲蟲是一種住在歐陸和北美，會追著森林火災跑的甲蟲。」

「喔!?為什麼？」兩個小孩齊聲問。

「呃……嗯……」昆蟲學家停了停，皺皺眉，靈光一現，彷彿發現了能收服麻煩的方法，於是他慢下來，一個字一個字說：「喜黑甲

蟲的學名是Melanophila，意思就是喜歡黑色的。嗯，他們很怪喔，如果今天發生森林火災，正常的動物能飛的飛，能跑的就跑了，對嗎？」

兩個小孩點點頭。

昆蟲學家繼續說：「可是喜黑甲蟲不同，它們總想方設法地往烈焰飛。在發現初期，沒有人懂為什麼他們要這樣？為什麼要追著高溫、烈焰和麻煩跑呢？直到很後面人們才發現，其實喜黑甲蟲這麼做是有原因的。」

昆蟲學家停下來，觀察孩子的反應。

「喂你說完啊！」埃及斑蚊大聲抱怨。

「嗯，說完。」阿糖附和地點頭。昆蟲學家注意到，那個叫埃及斑蚊的女孩已經鬆開了捏著樹葉的手指頭。他吞吞口水，謹慎地說下去：「喜黑甲蟲吃木頭，可是能在地球上活那麼久的樹一點也不好惹，昆蟲只要咬一口，敏感的樹木就會釋放有毒物質，讓自己變得又苦又澀，讓昆蟲吃不下去，可是……當森林大火，樹木燃燒，樹的化學防禦機制就會全壞掉，那時就是喜黑甲蟲的大好機會。」

昆蟲學家不動聲色伸出手，收回埃及斑蚊手旁的幾片樹葉，說：「喜黑甲蟲來自寶石甲蟲科，寶石甲蟲科的蟲子通常都有透亮多彩的色澤，可就唯獨喜黑甲蟲沒有，它們又黑又小又扁，不是浪漫的蜘蛛，也不是多產的蠶，但就算是這樣的蟲，也會想飽餐一頓，或感覺溫暖，對吧？所以它們就演化出了特別的方法，讓自己可以偵測火災，抓住煙的尾巴，找到黑。」

「說完了。」昆蟲學家拉上背包拉鍊，鬆一口氣。

「哇喔，喜黑甲蟲。」埃及斑蚊敬畏複述。

「好辛苦的蟲喔。」阿糖說。

「辛苦嗎？」埃及斑蚊問。

「嗯，被人誤會了很久啊。」阿糖回答。

埃及斑蚊眨眨眼睛，沒有說話，她取下戴在胸口的紅繩，打開那張糖果紙，讀了讀上面的字後說：「我想我想到了下一個材料。」

「什麼材料？」昆蟲學家聽見自己問。

「魔法湯的材料啊，就是我在煮的那個魔法湯。」埃及斑蚊說。

「她在煮一種喝下了就可以把什麼都忘光的湯啦。」阿糖註解：「這是她的材料單。」

「喝下就可以忘光光？」昆蟲學家接過糖果紙，低頭閱讀。

「嗯。」埃及斑蚊點頭。

昆蟲學家若有所思地把寫滿了字的糖果紙還給埃及斑蚊。她收下，用評審打量作品的眼光盯著那份清單，摳摳鼻頭然後說：「下個材料在我家，你想一起來嗎？」

「喔，」昆蟲學家有點意外地聽見自己說：「好啊。」

酒窖外的暴風雨

「歡迎光臨！」像稱職的好主人，埃及斑蚊推開書店門，帶著阿糖和昆蟲學家進入。

「欸我問你們喔，」埃及斑蚊回頭，神祕地問：「在這整個世界裡，如果可以選個地方躲，你們想躲在哪裡？」

「為什麼要躲？」阿糖問。

「沒為什麼啊。」埃及斑蚊聳肩回答：「就挑個地方嘛。」

「哪裡都行嗎？」昆蟲學家一面東張西望一面問。

埃及斑蚊家裡開的老書店，很多年前就停業了，埃及斑蚊的老爸打從經商失敗，欠下一屁股債後，就一直有點潦倒失志，所以書店不像書店，反倒像個凌亂的儲藏室，雜物玩具到處四散，書推擠著書的屁股。

「嗯，」埃及斑蚊點頭：「哪裡都行。」

「那我要躲在冰箱裡。」阿糖回答。

「為什麼？」昆蟲學家問。

「因為沒螞蟻啊。」阿糖翻出口袋裡壓扁的雞蛋糕說：「而且這樣蛋糕就不會壞掉了。」

「他的身上永遠都有甜東西，反正只要是甜的，就會出現在他的口袋裡。」埃及斑蚊說。

「為什麼？」昆蟲學家問。

阿糖聳聳肩，沒有要回答。

「那你呢？」埃及斑蚊推推昆蟲學家問。

「嗯……如果冰箱也可以的話那我要……躲在……蝶蛹裡。」

「那又是什麼？」阿糖漫不經心抽出一本書，翻開，翻頁，吐吐舌把書放回。

「就是毛蟲在變成蝴蝶中間的過渡期啊，感覺……如果可以進去那裡再出來，就可以變成另一種模樣了。」

「為什麼要變成另一種樣子啊？」阿糖問。

「對啊。」埃及斑蚊接著說：「不過啊，我沒地方躲的時候，就會躲這裡，這是我的祕密基地！」埃及斑蚊推開書櫃後的木門，團團和氣地鑽入門後，阿糖和昆蟲學家跟著進入。門後滿是濃厚酒香，小櫃子上擺了花雕、茅台、菊花、神泉、大麯、五家皮和女兒紅，一罐罐老酒像落魄的絕代美人那樣擠在一塊，客氣安靜，誰也沒想多說話。

「喔喔，這裡好涼啊。」阿糖讚賞。

「嗯哼，這我爸收酒的地方。」

「這不是酒啊。」昆蟲學家從架上拿下一個駝色小罐，罐身上印有絳紅色的楓葉圖樣，他說：「這是楓糖漿耶。」

「喔？」阿糖眼睛一亮，擠了過來。

「這是美國……」昆蟲學家瞇眼閱讀罐上的原文介紹然後說：「沙加緬度的楓糖漿，那邊的人用楓樹製糖。」

「用樹做的糖嗎？」阿糖瞪大眼睛，接過小罐，嗅嗅瓶口搖搖罐子，還把罐子貼在耳旁，像想聽聽楓糖說身世。

「哎！」埃及斑蚊搶過糖罐，大氣地轉開瓶蓋，再把罐子塞回阿糖手裡。

「啊，你爸不會生氣嗎？」阿糖有點嚇壞。

「哎呀，」埃及斑蚊揮揮手說：「他才不在乎這個咧，他在乎酒而已。嗯，我想要的是這個。」她勉強拿起角落的雄黃酒，滿懷期待地把雄黃酒放到昆蟲學家的手裡，說：「這是爺爺留給爸爸的禮物，可是他從來也不開不喝。所以就算我偷一點，他也不會發現的，只是我從來都打不開。」

「你確定可以嗎？」昆蟲學家輕輕問。

「嗯可以，我確定。」埃及斑蚊回答。

阿糖倒了點楓糖在手心，一面珍重地用手指沾著嚐，一面說：「她就是一定要煮那個湯啊，我到現在也還不知道為……」話沒說完，男孩就閉上了嘴，因為這時的酒窖外傳來聲音，埃及斑蚊的父母回來了。

更糟的是，他們還在吵架，不是普通的拌嘴喔，是大聲尖叫憤怒大吼的那一種。埃及斑蚊瞪大眼，像敲壞的釘子定在原點，昆蟲學家愣了零點三個微秒，意識到自己絕對就是犯罪現場的唯一大人後，隨即拉熄燈、推上門，非常安靜地加入酒窖罪犯組。

然而，就算酒窖裡的三名罪犯又唱又跳，埃及斑蚊的父母也聽不見的，因為他們這次吵得超級兇，粗暴憤怒的指控和砸東西的聲音像糟糕的毒氣，大塊大塊淹入門縫，昆蟲學家見到埃及斑蚊都快要哭了出來。

「嘿，」昆蟲學家拍拍她的頭悄聲說：「沒事的。」

「埃及斑蚊，」阿糖急著小聲說：「你摀住耳朵，摀住耳朵就聽不到了。」

「啊。」昆蟲學家靈機一動，說：「或說個故事吧。埃及斑蚊，你很小聲很小聲說個故事吧，他們聽不見的。」

「對對對，」阿糖小聲贊同：「說故事。」

「什麼故事？」埃及斑蚊滿臉蒼白。

「燈塔的故事好了，」阿糖拋出線頭，壓低聲音說：「埃及斑蚊，燈塔裡面有什麼？」

「老人……老人家，」埃及斑蚊摀住耳朵，搖晃身體，結巴地說：「壞掉……壞……壞掉的燈塔裡有個老人家，他的工作是保護燈光，可是他又老又感冒，一直流鼻涕，所以他也永遠修不好壞掉的燈塔的光。」

「嗯，有意思，」昆蟲學家若有所思，接著問：「然後呢？」

＊

那天的燈塔外有暴風雨。

張牙舞爪的暴雨用力搖晃燈塔，巨雷轟隆隆響，狂風推起海，再捧碎浪，溫柔緩慢的海怪全都游離了這片海域，可是忽然間，卻有個龐然巨物重重撞上燈塔，讓燈塔像鬆掉的牙搖啊搖。

燈塔看守人嚇壞了，他手放胸口，強迫自己透過小窗往外看，他看見一艘迷路的大船。

咚！咚！咚！燈塔底部傳來響亮的敲門聲，再一次嚇到的燈塔看守人勉為其難拄起拐杖，嘎茲嘎茲一階一階，踩著垂垂老矣的木階來到燈塔底部，打開門。

「不好意思，不好意思！」幾個穿著亮黃雨衣的人抱著一個大木箱，在潑辣的滂沱的雨中焦急詢問：「請問能借我們躲雨嗎？」

「喔……」燈塔看守人像緊張兮兮的吉娃娃，上下打量眼前的人群，除了敲門的那一名大鬍子，其他人的臉都在雨衣的帽沿下，他只能隱約地瞧出這群人裡有一個眼神亮晶晶的短髮女孩、胖胖粉紅臉的金髮女孩、一個戴著黑戒指的亞洲男人、一個紅頭髮的高瘦男孩。

燈塔看守人皺眉考慮了好幾好幾秒，才勉為其難點點頭，讓開身體，讓渾身濕透的訪客進入。他們忙不迭道謝，手忙腳亂搬入木箱，擦掉水珠，燈塔看守人看見木箱縫隙間隱約透出暖和的光。

「那……那……那是什麼？」瞪著箱子，燈光看守人忍不住問。

「喔，這可是好東西。」帶頭敲門的大鬍子驕傲地打開箱子，回答：「我們在神祕的雨林深處發現了這個，可不能讓這種寶貝淋到雨，對吧？」

燈光看守人看著箱子裡的發光生物，拍著亮白的翅膀，緩緩地由箱內繞啊繞地飛了出來，而那果然是——目瞪口呆的老人想——他這輩子見過最美的東西。

會發光的蝴蝶在黑暗幽深的燈塔裡拍飛、舞動、繞圈，蝶白的光暖和了燈塔的黑，然後一滴一點，比床邊故事還不可思議地，蝴蝶消化掉了燈塔的濕氣和老人心裡的憂傷。

在那個帶著魔力的閃亮亮片刻裡，天天都在流鼻涕的燈光看守人大喜過望地發現，他的鼻涕不流了！趁蝴蝶晾乾身體的空擋，環遊世界的科學家七手八腳地替老人修好了燈塔的光，古怪的是，當他們修好了光，燈塔外的暴風雨也……

「……也終於停了下來。」埃及斑蚊小聲地說：「就連暴風雨也停下睡著了。」

昆蟲學家不發一語推開門，酒窖亮。

砸完東西的埃及斑蚊父母已經各自摔門離去，說完故事的埃及斑蚊抹掉臉上的鼻涕。昆蟲學家在埃及斑蚊面前屈膝蹲下，他認真地看著埃及斑蚊，然後問：「埃及斑蚊，你是不是在小鎮裡看過一種發光的蝴蝶？」

埃及斑吸吸鼻子，點點頭。

「在哪裡？」昆蟲學家輕聲問。

「就一次而已，」埃及斑蚊非常小聲地說：「在那個糖廠的老宿舍。」

「謝謝你。」昆蟲學家鬆了口氣：「謝謝你。」

阿糖不捨不願地把楓糖漿擺回原位，他看看埃及斑蚊，再看看昆蟲學家，男孩的眼睛底，塞滿了老老的悲傷。

白蛇娘娘和雞精

再過幾天就是中秋節。

貓鬍子鎮的小廟口前搭起戲台，大人們滿臉紅光奔來跑去，緊鑼密鼓張羅布景、道具和供品。等太陽終於困頓，咚一下滑入地平線，濃妝厚抹的戲子就喝一口茶，清清喉嚨打起精神，輪番上陣演出好戲來酬謝神明。

今晚上演的故事，老到不能再老。

小紅豆舔著手中的冰糖酸梨，上下打量拼湊出來的戲台布景。布景裡，一抹圓弧平緩的墨水橋從左到右，劃開冷冽的湖和天。橋側面寫了兩個渾厚的毛筆字「斷橋」。

「媽，」小紅豆拉拉母親袖子問：「什麼是『精』？」

「就是妖怪啊。」正在思量該買香腸還是米腸好的少婦直接回答：「蜘蛛精、白蛇精、牡丹花精，你知道的，都是妖怪。」

「可是，」小紅豆又問：「為什麼是『精』？」

「啊。」少婦摸摸女兒的頭髮，想了想後說：「就像煮雞精湯吧，我們拿火煮湯，煮好久好久，一面煮，還得一面把浮出的白渣渣撈出來，對吧。因為白渣渣是雜質，我們不要，然後我們再煮、再篩，直到雞肉散了、骨頭崩了、湯收乾了，那時鍋裡的湯，顏色就很漂亮，很透金，就是雞精，收納了整隻雞的營養。」

「所以白蛇精？」小紅豆半懂不懂：「就是白蛇湯？」

「噢不對，該怎麼說呢我想想……」婦人搓搓小紅豆的頭，說：「白蛇娘娘呢，用五百年又五百年的時間修行。修行就像……就像用靈魂和時間煮湯，可是那比煮雞湯辛苦多囉，白蛇娘娘的鱗片、毒牙和叉舌頭都是她不要的白渣渣，都得挑出篩掉。在白蛇娘娘碰見許仙時，她的靈魂已經很漂亮，很透金，就像最好的雞湯。」婦人嘆了口氣，惋惜地說：「她差一點就能修行成人，就能美夢成真，如果沒有那個討厭的法海和尚。」

「所以修行……」小紅豆瞇起眼說：「就是把自己丟掉？」

「嗯……」婦人順了順女兒的麻花辮，神色凝重地考慮起了下一題的答案。

*

在廟口的另一個角落，大紅圓滿的供品桌旁，棗泥月餅和新綠柚子的後面，阿糖正唏哩呼嚕吃著麵。其實那個麵早就涼了，可是湯頭又香又鹹，麵又吸飽了湯，所以阿糖照樣心滿意足，一面吸麵喝湯，一面聽著飾演白娘子的清秀旦角，往天的方向唱出她的願望和請求。

在一團紅辣辣的熱鬧中，埃及斑蚊穿過人群，從阿糖身後冒出，她才要伸手拍他，就有人從戲台上撒了一大把粉紅碎紙，也許是想模仿西湖的杏花雨吧，貓鬍子鎮的風相當識相，抓好時機，在下一秒帶著烤香腸的氣味盛大吹過，於是杏花紙片翻飛漫捲飄揚轉圈，好不漂亮。

「噢。」埃及斑蚊嘴巴開開，忘了說話。

「唷，你找我幹嘛？」阿糖喝下最後一口湯，抹抹嘴巴。

「啊，」埃及斑蚊拍打自己額頭，說：「差點忘了，是來帶你去看好東西的。」

「什麼東西？」

「跟我來就對了。」

「好吧。」阿糖跳下椅子。在離開廟口前，他回頭望了眼舞台。埃及斑蚊順著阿糖視線，也跟著看了一眼。

「喔喔，要借傘給許仙了呢。」埃及斑蚊說。

「啊，」阿糖別過頭，扮個鬼臉說：「我覺得這個白蛇有點笨。」

「天啊，你怎麼可以說她笨？」

「就沒有很聰明啊，許仙有什麼好喜歡的啊。」男孩像個老人一樣評論。

「我看許仙……眼睛很大啊。」沒有很懂的埃及斑蚊看著戲台，硬擠出了個評論。

「好看有什麼用，他一點用都沒有啊。」阿糖還想發表意見。

「哎唷好了啦，這戲都看過一百遍了，帶你去看個沒看過的東西啦。」埃及斑蚊拉了阿糖的手就走。

*

他們通過舊街，跨過鐵軌，進入公園，來到靜置在夜色底部的糖廠宿舍群。

「啊。」阿糖用力停步：「埃及斑蚊，就說了我不喜歡這裡啊。」

「不是啦！」埃及斑蚊拉著阿糖的手，轉了個彎，拐過漆黑樹群，阿糖這才看到了昆蟲學家，和他的光。

在宿舍群中央的野草地，昆蟲學家的旁邊有個亮亮的東西。兩個小孩站遠遠瞇眼看，看了好久才終於看出那是一塊白布，布的下方好像有一盞燈。在滿是星星的夜空下，昆蟲學家看起來就像在給布曬星光。

「天啊，他在幹嘛？」阿糖悄聲問。

「我也不知道啊，所以才拉你來啊。」

昆蟲學家全神貫注蹲在白布旁，動作迅速收集降落在白布上的各類昆蟲。兩個小孩踮起腳尖，無聲無息地走到昆蟲學家身邊。昆蟲學家抬頭，看見是他倆後露出微笑，他先收起一隻丘陵顏色的大蛾——蛾翅的顏色，剛好就是地圖上丘陵的淺綠色——然後才說：

「被你們發現了。」

「你……找到發光蝴蝶了嗎？」阿糖有點緊張地問。

「還沒。」昆蟲學家掃視四周：「不過希望就快了。」

「那你在幹嘛？」埃及斑蚊問。

「燈光陷阱啊。」昆蟲學家愉悅回答。

「燈……燈什麼陷阱？」阿糖問。

「燈光陷阱。」昆蟲學家笑著複述。

「那是什麼鬼東西。」阿糖說。

「說到捕捉蟲，光線可比網子有用多囉。嗯……就像那個……澳洲沿海洞穴裡的小真菌蚋。」

「喔喔？」感覺到故事的降臨，兩個小孩有默契地對看一眼，一屁股坐在昆蟲學家旁邊，嘴角上揚安靜等待。

昆蟲學家今晚心情好，他溫柔地說：「小真菌蚋啊，是一種懂得模仿星空，用光捕食的小蟲喔，他們的學名是Arachnocampa luminosa。他們住在紐西蘭沿海的岩洞頂，吊繫在岩壁上，製造出黏答答的滴狀絲，滴狀絲有點像透明的玻璃珠串，也像流得好長好長的鼻涕。」昆蟲學家作勢把鼻涕抹到兩個小孩身上，兩個小孩笑著躲開。

昆蟲學家繼續說：「可是這種蟲製造出的鼻涕會發光喔。在全然黑暗的洞穴裡，每一尾蟲是一點光，從下方看，成群聚居的小真菌蚋就像一整座透藍色的星空。飛在洞穴裡的其他小蟲看見了這景象，就會覺得哇，今晚天氣真好，這座沒邊際的星空真漂亮，他們會不知情地自由飛，飛飛飛，可是只要被那黏到不行的滴狀絲沾到，就會再也跑不掉。這時候，小真菌蚋就會一公釐一公釐地收回絲線，再把獵物吃掉。」

「哇喔。」埃及斑蚊瞪大眼睛。

「那你剛剛說，這種蟲的名字是什麼？」阿糖問。

「Arachnocampa luminosa。」昆蟲學家說。

「阿辣……」阿糖瞇眼想模仿。昆蟲學家放慢速度，再說一次。

「阿辣啦！」埃及斑蚊打岔：「阿辣蟲，阿辣蟲就是鼻涕蟲。」

「好像也行。」昆蟲學家微笑回想：「我親眼看過它們的光喔。」

「欸，我說，」阿糖若有所思地說：「你一定非常喜歡蟲吧。」

「嗯啊。」昆蟲學家點頭。

「可是為什麼啊？」阿糖繼續問：「蟲子有什麼好喜歡的呢？」

「對啊，」埃及斑蚊附和：「為什麼不研究海怪、燈塔或星星啊？」

「或植物，你知道的，古老的植物。」阿糖補充。

「嗯……」昆蟲學家想了許久許久，最後說：「也許也因為昆蟲很強壯吧。」

「啊？」兩個小孩齊聲說。

「你們想想看，在這一整個世界裡，到底哪一種生物最強壯呢？是始祖鳥、蛇頸龍，還是劍齒虎呢？不管這些生物曾有多強壯漂亮，它們都沒有活過時間，沒有活過滅絕。可是小到不行的昆蟲卻活過了！昆蟲躲在事物的邊緣、影子的後面，他們裝傻，他們假扮，昆蟲告訴我們，先活下來才重要。」

「嗯……」阿糖像老人家一樣若有所思點點頭。

坐在他倆中間的埃及斑蚊其實有聽沒有懂，她只是看看阿糖，再看看昆蟲學家，眉眼亮樂，嘴角上揚，忍不住開心的模樣。

「是不是值得喜歡呢？」昆蟲學家問。

「嗯，一點點吧。」阿糖老成地說。

「阿辣蟲就是鼻涕蟲。」埃及斑蚊忽然響亮地喊出了這句話。

「嗯，阿辣蟲就是鼻涕蟲。」昆蟲學家也跟著微笑。

*

總要落盡繁華，才能回到簡單。

當他們再次回到廟口，白娘娘的故事已經完結。她的一輩子已經過去，五百年又五百年，白蛇修了行、許了願、闖了禍也受了傷。戲班子在廟口邊收拾著用紙糊出的白蛇偶。

「謝謝你陪我們玩。」阿糖抬頭對昆蟲學家說。

「不客氣，也謝謝你們。」昆蟲學家微笑，像紳士般輕輕舉起自己透明的圓禮帽。孩子蹦蹦跳跳地和昆蟲學家道別，各自回到自己的家。那個晚上誰都笑嘻嘻的。

告別了孩子，平緩步行回住處的昆蟲學家在經過橘子樹時聽見了貓叫聲。他停下查看，看見了那隻受傷的貓。

灰貓的尾巴尖端幾乎全被壓壞了，流出惡臭的膿血，貓咪本身卻像什麼也沒發生，悠哉地伸展身體，對昆蟲學家撒嬌。

昆蟲學家動也不動看著這一幕，幾乎感到背脊發毛。是什麼讓貓咪一點感覺也沒呢？他默默蹲下，小心觀察，卻在路燈下揉了揉眼睛。

得非常近才看得見，路燈下的貓咪尾巴尖其實停滿了蝴蝶，像一朵透灰色的不起眼的呼吸著的花。蝶翅一面淺灰一面糖白，在搖晃的葉影和路燈下恍惚而透明，若不是貓咪呼喚，昆蟲學家是經過這棵樹一百回也不會發現這些蝴蝶。

昆蟲學家看著蝴蝶緩慢開合的翅膀，發現自己辨認不出蝴蝶的品種，這種糖白色的、煤灰色的大蝴蝶。

十字路口的猶豫

小南瓜和媽咪一起站在熙攘的十字路口等綠燈。拉著媽咪的手，小南瓜抬起頭觀望星空，他伸出另一隻手，用胖嘟嘟的指頭數星星：「嗯……一顆、兩顆、三顆星，其中兩顆遠，剩下一顆近……」

接著，在小南瓜的注視下，大氣層捉弄了星辰的光，星光踉蹌，於是一劃（孩子氣的）想像就這樣直接跌到了南瓜的心上。小南瓜嚇壞了，他用力拉扯母親，急著說：「媽咪！媽咪！有一個星星要掉下來了！你看，星星要掉下來了！」

「嗯，好的。」南瓜媽咪的語氣平穩如沈積岩。

「媽咪!!你快抬頭看啊！」小南瓜大喊大叫。

「對，真的，很棒。」南瓜母親累到放空，有聽沒有到。

「媽咪！」小南瓜非常絕望。

紅燈號誌熄。

清綠色的六十秒亮起。

「南瓜啊。」母親拉起南瓜的手，溫和地說：「我們回家先洗澡，一洗完澡就睡覺，好嗎？」

「媽咪，我很認真，你看天空！」小南瓜都快哭了。

「嗯，好，就這麼辦。」母親拉著南瓜往家的方向移動，當然沒有抬頭。

綠燈，五十秒。

一個流浪漢模樣的男人要死不活地坐在路邊，像顆悲傷的石頭。他看著南瓜和他媽慢慢走開，說了聲：「他媽的，真是他媽的。」

綠燈，四十秒。

他嘆口氣，看天空。為什麼偏偏就今天呢？他原先都想好了，原先就今天了，和世界盛大說掰掰的這一天。

為什麼偏偏就在今天讓他碰到那個什麼男孩，那個什麼透灰色的東西。而且還是灰色的耶，真的超級沒創意。流浪漢嘆口大氣，想起那個深黑深重的夢境。

綠燈，三十秒。

想起他如何能非常清楚地，隨著灰睡衣小孩的視線，看見黑影裡的宮殿、黑影裡的一切和飛蟲。想起他如何能非常清楚地，在霧散夢醒前的最後一個畫面，看見一步步散掉的睡衣小孩的回頭望，望向還站在廢墟裡的他。

他記得那個孩子臉上的表情，如何絕望，如何冰涼。

流浪漢哆哆嗦嗦，覺得冷，沒有孩子該有那一種表情。

綠燈，二十秒。

他恍惚想起自己在成為流浪漢前，也曾差一點就能成為一名導演的，星辰圍攏、叱咤風雲的那種。直到他推出自己的上一部作品。馬的咧一部片拍了三年，用掉他全部的錢，結果沒人看懂更沒人喜歡，流浪漢咕噥抱怨，真的就像爬到高處往下跳。

那麼辛苦，一字一步、一步一字帶著深重的訊息往上爬，直到終於終於，你到了最高最冷的那個點，你滿心放鬆，你嘴角上揚，覺得就要沒事了，所以你跳，信賴世界會把你接住的，用掌心，用指腹，和最和暖的溫柔。

結果沒有。

怎麼沒有？

於是你不可置信地掉、掉、掉，掉出原先的世界，掉到自己的外面，再往更遠更遠的地方掉，在終於撞到某個平面時也撞掉了一堆硬硬脆脆的什麼，例如驕傲、信心和活下去的力道。

綠燈十秒。

可是，流浪漢憂傷地想，如果他現在就死掉，會不會和那個透灰色的東西一樣，也還等在冰箱裡，也還想要說故事，或……也還感覺得到世界？

綠燈熄滅。

古雅銅圓的月在天際，隨著晚雲的來去明亮又暗淡，入夜的城塞滿了各類光線和味道，流浪漢看見時髦高樓的窗亮了起來，看見灰藍色的天空邊緣，有清淡的雲像脫線的毛毯那樣捲成一團。

哪裡有什麼星星要墜落？

他搖搖頭，站了起來，離開十字路口。

*

「欸，我說你，」流浪漢問：「為什麼不開燈？」

入夜後的老公寓暗到不行，繞回的流浪漢推開了沒關好的門，小心翼翼、左右掃視，確定透灰色的東西不在現場後，才踏入公寓。憑著街燈，他勉強看見那男孩抱著粉紅色的保麗龍盒，坐在通往廚房門邊的地上。男孩的頭低低的，很壓抑地在哭。聽見了流浪漢的問句，男孩吸吸鼻子，有氣無力地回答：「壞掉了啦。」

「哇喔。」流浪漢抬抬眉毛，冰箱不冰、電視悶燒，現在連燈也壞掉，流浪漢看往客廳角落，問：「那落地燈呢？」

「不知道，應該沒壞吧。」男孩抹掉鼻涕。

流浪漢在暗中摸索，然後「滴」地一聲，暖白的光點亮黑暗。他在男孩身旁坐下。看著男孩懷裡的粉紅色保麗龍盒，遲疑小心，流浪漢發問：「所以，從那裡面跑出的那個東西，到底是什麼？」

男孩搖搖頭，沒有說話。

「那個東西……」流浪漢吞吞吐吐，自己都有點懷疑自己說的話：「那東西……和我說了個故事？嗯不對，應該是說，那東西弄了一個故事，嗯夢境？或一段記憶給我看。」

「故事？」男孩茫然抬頭。

「嗯，故事。」

「什麼樣的故事？」

「嗯……在一個很大很黑的廢墟裡，有一個聲音和一個小孩，不對，女孩的故事。」

聽到這個，男孩露出莫可奈何、似曾相識的微笑，他搖搖頭說：「大概又是那個暗暗的地方。」

「什麼暗暗的地方？」流浪漢問。

男孩再次搖搖頭，沒有回答。

「我剛剛……剛剛是整個人都到了那個故事，或夢境，或記憶裡耶。她……那東西到底是什麼？」

流浪漢想起那個夢還是渾身發毛，他哆哆嗦嗦，囉囉唆唆，他想起門邊男孩和姊姊、母親和阿嬤的照片，再看著眼前悲傷的男孩，忽然覺得自己懂得了什麼。他小心翼翼地發問：「等等等，這和你媽有關係嗎？對啊，她怎麼還沒回來？欸孩子，說真的，你需要幫忙嗎？你需要……你需要我帶你去其他地方嗎？」

男孩靜靜看著流浪漢，蒼白微笑，然後搖搖頭說：「她失蹤了。」

「失蹤？」

「嗯，三天了吧，前天醒來就不見。」

流浪漢沒有回話，眨眨眼，然後說：「你報警了嗎？」

「不能報警。」

「為什麼？」

「就是不能。」

「失蹤和粉紅盒子裡的東西有什麼關係？」

「我還沒準備好要和你說。」男孩硬閉上嘴，不再說話。

流浪漢嘆口大氣，環顧老客廳，看著到處堆積的厚巴巴的書和雜誌、昆蟲標本和顯微鏡，和黑暗某種亮晶晶的東西。他摳摳鼻尖，嘗試在腦子裡拼湊線索，然後他停下，他發現自己的眼睛正盯著那亮亮的東西，他推推男孩。

「幹嘛啦。」男孩悶悶不樂。

「你看。」

「什麼啦？」

「那個。」流浪漢指向客廳角落。

客廳角落有一點亮晶晶的痕跡，流浪漢用爬的湊近瞧，發現那是一條微微發出光亮的黏液河。黏液河從透灰東西先前噗呼消失的定點漫延流淌，流往客廳的另外一角。流浪漢挪動身體，伸出手摸，那古溜古溜，微微發亮的黏液使人想起蝸牛蹤跡、膠水或鼻涕。

見狀，男孩表情認真站了起來，跟著東轉西繞的黏液河走。

黏液河穿越客廳，爬過木桌上的軟糖巧克力盒，掠過書櫃上的《一千零一夜》和《說不完的故事》，迴過一整排金龜子標本，然後結束它的五公尺長征，抵達客廳一角的瓦愣紙箱。紙箱的側面，不可一世地印著「高級漬物」。

男孩和流浪漢齊探頭往箱內看，找回了那個透灰色的東西。透灰東西像累壞的貓，蜷曲熟睡在紙箱底部，先前凝固在她透灰頭髮上的冰淇淋全都融化了，瓦愣紙箱底東一塊西一塊，全是融化的冰淇淋。透灰小孩翻了個身，繼續睡著。

「嗯？」流浪漢歪頭困惑，他非常確定第一次見她，透灰東西是正常的十歲小孩大小，可是現在她卻只比一顆西瓜大一點，傳統市場裡的那種超級大西瓜。

「她變小了耶。」男孩輕到不行地自言自語。

「你也注意到了嗎？」流浪漢悄聲問，然後他停了停，追問：「等等等，你怎麼知道她原先有多大？」

男孩安靜了幾秒鐘，像在考慮一些重要的什麼，然後他點點頭，轉頭對流浪漢說：「你聽好，我現在得出門買冰淇淋，非常重要，你得幫我陪著她，不讓她跑掉，你能做到嗎？」

「買冰淇淋？為……為什麼這時候要買冰淇淋？」流浪漢大惑不解。

「這你不用知道，你只需要幫我陪著她就好，可以嗎？」

「呃，嗯，呃……」流浪漢腦袋當機，不知所措。

「廚房裡全部東西都隨你吃，但是請別離開，陪著她。」男孩的眼神專注而篤定，好像如果流浪漢拒絕或偷跑掉的話，那麼他的整個世界：街頭、天空、公寓，甚至是遠在天邊的鯨魚谷，就全都會被柑橘果醬般的火山熔岩給吞掉那樣，一去不回的那種。

*

流浪漢睡著了。

在靜音的夢的底層，他慢速滑翔。

夢裡的他正在穿越某個龐大、透明、波動、無底的東西，可是他離起點太近，又離終點太遠了，怎麼才到得了呢？除非——溫吞寬厚的夢境偷偷提示——除非你能想起我的名字。

什麼東西龐大、透明、波動，而且還踩不到底呢？

親切的夢用鼻尖推推流浪漢然後問，什麼呢？

流浪漢忽地睜大眼睛，記起自己的全部困境。

他高高跳起，探頭往「高級漬物」紙箱裡看，看見透灰東西還在睡覺，他才鬆口大氣，緩下心，忘了先前的夢境。

男孩一走就是一整晚，他怎麼可能都不睡覺，他可是個現役的流浪漢耶。流浪漢伸伸懶腰，來到紙箱前，在正午日光下檢視那個透灰東西。那東西果然全身上下都是灰色的，可是灰裡隱約混雜了一點綠，像心情難過的鼻涕。灰色東西輕輕打呼，沒有將醒的特徵。

流浪漢點點頭，轉個圈，拍拍肚皮，一派悠哉地參觀起老公寓，看了眼養在客廳中心的毛蟲，他聳聳肩，走近觀察。

男孩的失蹤母親（或阿嬤）大概有點顏色收集癖。因為盆栽上的每條毛蟲都彩翻了頭，各自有著不同的顏色和細節，而在全部的毛蟲裡，又有兩條特別肥而飽滿，一條是淺褐色的，一條是深紅色的，分別使流浪漢想起柑橘布朗尼和紅絲絨蛋糕。

他看著看著，覺得古怪，再瞇眼細瞧，這才發現布朗尼和紅絲絨也正盯著他瞧，而且它們黑亮亮的小眼睛裡，還帶了點鄙視。

流浪漢納悶地摳摳下巴，從書櫃裡抽出厚巴巴的《蝶蛾幼蟲全圖鑑》，翻找比對，卻怎麼也找不到那兩條蟲的品種名稱。

「你好不專業。」流浪漢闔上書，坦白地對圖鑑說，然後他揉揉耳朵，發現透灰東西的輕輕打呼聲不見了。

「嗨。」他的背後有個東西說。他咻地轉身，看見透灰東西就站在他的正後方，直線距離大約五公分。流浪漢倒抽口氣，往後跌入鬆軟的老沙發。透灰東西在他臉旁蹲下，好奇地問：「你叫什麼名字啊？」

流浪漢戒慎恐懼搖搖頭。

「我忘了我的名字。」透灰東西略帶憂愁地敲敲下巴：「可是我又做了個怪夢，這次更怪更怪了，你想聽嗎？」

流浪漢動作明確再次搖頭。

「噢，拜託？」透灰東西撒起了嬌。

流浪漢皺起眉頭，感到困惑。

「這是可以的意思嗎？」透灰東西的眉眼一亮。

「呃……等等等……」流浪漢正想伸出手想擋住自己。透灰東西就歡天喜地捧住了他的臉，用力親了下去。那透灰東西聞起來——索性放棄掙扎的流浪漢恍惚地想——像剛出爐的甜餅乾，或甜到傷腎的冰淇淋，可是在甜到不行的感覺後面，好像還有遺憾，一直沒能把話說出口的遺憾。

小真菌蚋的追尋
Arachnocampa luminosa

遠渡重洋的水手說，在遙冷透涼的南半球，有一小塊迷人的海，那塊海域透而清淺，沒有隱藏。

如果你在晴好的日子裡往海底瞧，你可以輕鬆看見水底的圓弧石礁和淡色的沙，沙的顏色使人想起雜貨店裡的新鮮麥芽糖，暖和復古，靜好平安。

除了以上那些，你還能看見小鯊魚，喔大群大群體型流線、皮膚粗糙的灰藍色小鯊魚。這是因為海的四周堅定地長了一圈珊瑚礁，體型壯碩的成年鯊魚游不過礁石的環繞，獵殺不了小鯊魚，於是這下有蔥心綠藻，上有通透藍波的好海洋，就成了小鯊魚躲避外在世界實事求是的好地方。簡直就像世界也用盡力氣，想把這兒保護好那樣，像童話想保護好孩子。

沒有隱藏的海域只有一個祕密。

遠渡重洋的水手敲敲煙蒂，故作神祕地說，那祕密等在海中央的那口洞裡。岩洞是遠不可考、悠不可測的太古餘緒，是好久好久以前留下的痕跡，時間以深透的藍在洞裡漸層沉降，沒有誰能記得洞是何時出現的。

而且而且，遠渡重洋的水手壓低聲音說，在那黑到不行的洞裡，在那黑到有剩的洞裡，在那比深海帶無光區還黑上兩倍五的洞裡，有光。

清冷透藍的，魔幻的光。

☆

阿辣是男孩子氣的女生。

這一年冬，她花掉口袋裡的全部的錢，給自己買了雙雨靴和三盒牛奶糖，另給廟口眼神亮晶晶的流浪狗買了塊油滑飽實的大雞腿。

她的新雨靴是透灰色的，時髦實用，防水防滑。

打從阿辣在城裡闖下大禍後，她就被「收歸海有」，歸住在漁村裡的阿公阿嬤管。

沿海的小漁村裡，有滿地油膩的漁市場和五彩繽紛的雜貨店。嬸嬸叔叔們踩著顏色鮮亮的雨鞋，在魚市裡翻炒著油亮香噴的醬油什錦麵；裹著糖粒的硬梆梆糖果們，則在玻璃罐裡慢慢融化度芳年。

無所期待也無所事事，阿辣每天就踩著她的灰雨靴，在巷弄街道間遊蕩，漫不經心聽每戶每家的閒聊，看添撒入鍋的香料色調，或在純金通透的落日底，深深呼吸從廚房裡翻吹而出的甜甜暖暖好味道。

而不管阿辣到了哪，她都會帶著自己的小說草稿，那是她最一開始的想要。

在最開始，她想成為一名神氣又揚眉的小說家，她想寫一個和馴服相關的故事。她想寫個能讓人哭、讓人笑、讓人覺得一切都好的故事，可是人生來星球轉，誰知道夢想和鈕扣沒兩樣，都是一不小心就能弄丟啊。

在山邊大學讀書的阿辣不但沒成為小說家，還添料加湯給家人帶來一堆麻煩。嘆口大氣，那還能怎麼辦呢？至少在終年都有浩蕩海風的漁村裡，她還能聽聽別人的故事。老水手們從世界各地帶回發亮生動的漁獲，也順便打包回故事，於是在落山風邊、港口茶旁，每個晚上都有產地不一的故事穿行滑動著。

阿辣第一次認識星星的那天，退休的老將軍就泡了茶，翻出堅果和餅乾，給阿辣和一名路過漁村的年輕訪客說了那個洞窟的故事。

★

遠渡重洋的水手說，收在洞窟裡的光，是世界初始時被匆匆撕下的星空一塊，聽說還帶著毛邊咧。

水手們相信，如果有人夠勇敢，敢找到那片海，敢通過礁石和鯊魚，敢游入洞窟伸出手觸碰洞裡的透藍色星光，那不管這個人的生命裡有多少糟糕、不堪和遺憾，就都能琳瑯叮咚，在星光下點滴融化，像北極熊掌下的唯美冰河。

說完了故事，老將軍沾沾自喜喝口茶。全程聽著的阿辣瞇起眼，露出批判的表情說：「什麼啦，星星明明就是超高溫的氣體，怎麼可能跑到什麼山洞裡。」

「齁唷，怎麼不可能？」老將軍最討厭別人質疑他，他拍了桌子大聲說：「還是真的咧！阿辣你別小看阿公哇，我年輕時可是什麼地方都去過，只是沒有講而已。」

「每天都在講，」老裁縫擱下毛線，見縫插針：「哪裡沒有講？」

「哎，我在給年輕人講話嘛，你就先別說嘛。」老將軍的語氣放軟，比老裁縫懷裡的毛線還軟三倍，他拍拍她的手。老裁縫輕哼一聲，繼續低頭織圍巾。

老將軍清清喉嚨，義正嚴詞地對兩名年輕人說：「泰國、越南、韓國、馬來西亞，什麼樣的東西和人我都看過。我說有這片海，就有這片海。我說有這口洞，就有這口洞。」

有霉綠色眼珠子的老將軍是漁村裡的大長輩，他有點像西方世界裡的拉丁文，絕對受人敬重，絕對受人保護，卻也差不多快要沒了實用價值，所指所涉，參考一下下就可以了啦。還有對，老將軍和老裁縫正是阿辣的阿公和阿嬤。

「可是不是啊！這和勇敢有什麼關係？重點是幸運吧，重點是有人知道那個海在哪裡嗎？」阿辣持續抱怨。

「如果真的想知道答案，那看來你只好出發找找看啦。」一直沒說話的訪客拿下帽子，露出年輕的臉龐。

剛喝了口茶的阿辣差點沒嗆到，這才發現一直坐在自己旁邊的訪客其實是個和自己年紀相仿的女孩，而且她的頭髮比自己的還更短。

短髮女孩的膚色健康，眼睛明亮，像塞滿了希望，她撥撥瀏海，這讓一向壞嘴巴的阿辣忽然有些說不出話。

「對了對了阿辣來，」老將軍拍拍阿辣的肩，一臉驕傲地說：「給你介紹我們新上任的黑洞看守人。」

「黑洞……」阿辣進一步愣住：「看守人？」

「嗯。」黑洞看守人女孩用最好聽的聲音回答：「這是我在這裡的最後一個夏天，九月後就要搬到銀河系的黑洞旁，擔任黑洞看守人了。你知道黑洞嗎？就是那個霸占銀河中心，會把光也大口吞掉的東西。」

「我當然知道什麼是黑洞！」阿辣最討厭別人質疑她，可是她還是小聲地問：「可是……要當上那個……不是很難嗎？」

「還好啦，一點點而已，一點點。」黑洞女孩笑嘻嘻地用食指拇指捏出三公釐的距離。

「那……如果你和黑洞啊星星的那麼熟，你說說看，洞穴裡的那個是星光嗎？」

「我不知道。」黑洞女孩聳聳肩搖搖頭，說：「可是，也許你能幫大家找出答案？」

「我？我怎麼會知道怎麼找？」

「問問題啊。」黑洞女孩眨眨眼，笑著說：「問有趣的、重要的問題，問你可以解決的問題。像我們在觀察黑洞時，因為誰也看不見黑洞，所以得拍好多好多照，什麼都拍，那個區域附近的星星得拍，沒有開始累積電子的也拍，最後把相機裡不均勻的地方刪掉，比較星星的亮度，這個比那個亮多少，找出那區域四周的星星最遠到哪裡，用星星標記界線，這樣的話，就可以推出黑洞大概的大小和位置……」

叮咚作響，夜星沈落。

可是漆黑大地上的我們，又收得起多少光亮？

黑洞女孩說的那些什麼什麼的，阿辣其實大都有聽沒有懂，她只是看著她專注純粹、溫馴明亮的眼睛，知道了黑洞女孩是哪種人，她是沒把夢弄丟的人，她是那種……沒有遺憾的人。

看著眼前漂亮驕傲的她，再低頭瞧一瞧自己髒兮兮的手指頭，阿辣忽然有點難為情，她把手坐到屁股下，悶悶地瞄了眼自己寫了九年也沒寫完的冒險小說。

「欸你有沒有在聽啊。」黑洞女孩忽然說。

「當然有啊。」阿辣回嘴：「就是什麼什麼黑洞的位置嘛。」

「你都害我肚子餓了。」黑洞女孩用拳頭推了推阿辣，說：「欸，這裡你熟，帶我去吃好吃的。」

「喔？好啊！」

☆

她們一起吃了一頓、兩頓，忘了多少頓的早午晚餐和下午茶，出乎阿辣意料的是，自己說的每件事，黑洞女孩都專心聽，好奇問。黑洞女孩還教阿辣怎麼打拳，她們在對方的手上一圈一圈綁好護手帶，面對著面練習。

「啊，你得轉動你的腰才行，」黑洞女孩指出：「不然我站在這裡，你覺得我摸得到你嗎？」

阿辣看看她倆之間的一百公分，搖搖頭說：「當然不……」下秒黑洞女孩迴身出手，碰了碰阿辣的下巴。「啊，摸到了。」她有點得意地說：「看吧，所以還是要轉腰才行。」

黑洞女孩繼續進行她的拳擊教學，阿辣沒說什麼勉強跟上，但眼底其實全是盛夏莓果口味的跳跳糖在炸。

黑洞女孩用肩膀測試她倆間的距離，阿辣定在原地動也不敢動。黑洞女孩出拳，阿辣接拳。黑洞女孩會說：「你看，就像high five，我們的拳要在中間相會。」

「啊你看你看！」拳擊完後，她們會一起晚餐。小漁村小酒館的小電視裡有次播著南極企鵝的紀錄片。黑洞女孩說：「你看那隻小企鵝一點都不想加入其他小企鵝，但他長大了，又躲不回爸比的育兒袋裡，好可憐喔。」

「嗯，聽說人都喜歡和自己相似的事物喔。」阿辣認真以對。

「你說什麼？」她假裝兇狠瞪了阿辣。

☆

她們每天見面，或每週見面，阿辣其實不記得了。有黑洞女孩的日子都自行膨脹，漫出行事曆的細格線，像掉入熱牛奶裡的麵包屑，吸飽了暖和和漂亮。

「欸。」阿辣說。

「嗯？」她回答。

「如果有天……我的冒險小說真的出書了，變成一本編排漂亮、認認真真的好小說，你會讀嗎？」

「會喔。」黑洞女孩輕聲說。

「啊，」阿辣看向遠方說：「忽然好擔心啊。」

「擔心什麼？」

「有天你可能會讀到啊。」

「不擔心能不能出版，反而擔心我要讀啊。」

「對啊，真的好擔心。」阿辣咧開嘴笑。

★

她們一起在巷弄街道間東走西晃，她們經過拍浪的岸和涼台前往商店。

「我們等一等在這邊坐一下好不好？」黑洞女孩指著涼台問。

「當然好啊。」

「我們現在就在這邊坐一下好不好？」黑洞女孩又問。

「那有什麼問題。」阿辣笑著爬上階梯，一屁股坐下。

買咖啡時阿辣對結帳的原住民姊姊說：「這杯加三塊冰塊就好。」

「好，三塊而已。這邊有錄影機喔，多加了我幫你打她，打了再說對不起就好。」原住民姊姊回頭笑看自己後方負責泡咖啡的另一名姊姊，當時每個人笑起來的模樣，都像蘭嶼的陽光。

回程路上，阿辣模仿馬來西亞腔的英文，逗得黑洞女孩笑到不行，笑到用拳頭輕推阿辣的臉，下達指令：「從現在開始你只能說這種話。」

☆

化蛹的蟲在深眠裡往往有生死關頭，能否破蛹而出，或直接就死在自己裡面，有時全憑那一場夢。黑洞女孩告訴阿辣，自己小時候也得過憂鬱症。

「有時候少一點點就是少一點點，過不去就是過不去。」

「可是你活過來了啊。對吧，你就要成為黑洞看守人。」

「也許吧。」黑洞女孩拿下眼鏡，沒有說話。

累到再也說不出話時，黑洞女孩會在阿辣身旁睡著，睡到肚子也露出來，腳指頭還在夢裡動一下。這種時候，阿辣內在的誇飾的吵鬧的海怪就會全部消失，化為一個簡單的空心的圓，整個圓的全部存在意義，就是記住黑洞女孩肚臍右上不小心露出的那一小顆痣。

☆

她們討論灰姑娘的玻璃鞋故事，疑惑如果玻璃鞋也是魔法變出來的，那為什麼在午夜過後，玻璃鞋沒和其他東西一起變不見？

「也許是因為……」阿辣坐直身體小聲說：「因為王子的思念凍結了魔法，因為只有這樣……他才可以再次找到她。」

「哇喔。」黑洞女孩眨眨眼說：「哇喔。」

☆

她們花大把的時間坐在海邊的涼台，哼歌，吹風，說話。前往某個海邊祕境的遊客回程時又看到她倆，忍不住冒了句：「唷，你們怎麼還在。」

「我們會在這裡變成雕像。」黑洞女孩用最好聽的聲音回答。遊客離開後，黑洞女孩對阿辣說：「你知道嗎？有些地方我真的可以記得好久好久，這裡也是其中一個那種地方。」

黑洞女孩在趕赴最後一堂拳擊課時出了小車禍，她帶著傷口來到練拳的地下室，阿辣傷心地替她貼上ＯＫ繃。她們靠得很近很近的時候，黑洞女孩輕聲說：「還好你還在，不然就見不到你了。」阿辣動也不動，不敢回應。

「哎唷，這是怎麼了？」經過的教練隨口問。

「她車禍了。」阿辣回神，憂傷解釋。

「其實是她打的。」黑洞女孩安靜補充。

「什麼什麼!?」阿辣差點嗆到：「我才不會打你呢！」

★

在夏天最熱最熱，海天交接的那幾天，深海海怪和天際星辰之間的距離消失了一下下。

和星星一樣耀眼的黑洞女孩到底在漁村待了多久呢？阿辣說真的記不得了，有時她覺得像兩個月，有時覺得像五天，有時，又非常確定早超過了十年。可是有天她總得離開。

臨別那晚正值盛夏花時，黑洞女孩深深地擁抱了阿辣，然後在她耳邊，輕到不行地說：「再見了，朋友。」

阿辣沒有反駁，阿辣什麼也沒說。

★

讀了一堆有的沒的馴化相關書籍的阿辣知道，約在一萬五千年前，原初人類馴化灰狼，永久更動了狼的基因，使狼成狗，一去不回：隨處可見的小狗狗是人們最早馴服的物種。

在黑洞女孩離去後，開始整天趴在海邊涼台的阿辣有時會想，不知道馴服後的狗狗，還有痊癒的可能嗎？入夜後看著星空，阿辣會想，星光明明那麼耀眼可愛，可是怎麼就那麼遠呢？

如果遠渡重洋再遠渡重洋，就能再次碰見星星了嗎？

在真的非常非常想念的時候，阿辣會陷入絕望，一次又一次地想：到底該怎麼才能再次見到呢？到底該怎麼該怎麼？

家人注意到了阿辣的不尋常。他們注意到她不怎麼吃飯，不怎麼喝茶，甚至連冒險小說都忘在床下。阿辣整個夏天都趴在海邊，差一點就要變成涼台邊隨風搖晃的蘆葦草。

討論過後，大人決定怪罪海風。

都是因為海風一直吹吹吹，讓不管什麼都受潮或生鏽，或冒出色彩甜豔的菌絲絲。鄉里間的嬸嬸叔叔建議老將軍和老裁縫把阿辣送回城裡，讓她和父母待一塊，也許補習，然後升學，總之離壞影響遠一點就好。

晚歸的阿辣在門外偷聽見大人的密謀和對話。她的心咚咚咚跳，慢步退出，快走然後奔跑，繞過大快朵頤吞食鍋巴的寄居蟹，到了輕舔岸沿的浪邊，脫了鞋跑到浪裡。

她覺得心空落落，覺得這一點也不公平，她才不要搬回城裡，她討厭分詞構句，也不想認識幾何圖型。她明明才剛喜歡上了海風，和叮咚作響的星光。

大人就是這樣，隨手敲碎你的夢和想像，像弄壞七彩棒棒糖，毫不留情還理直氣壯。阿辣瞇起眼抱怨地想，大屁當前，英雄末路，看來我只剩一個選項。

於是在那個連海風也踮起腳尖，輕溜繞行的晚上，阿辣趁將軍和裁縫在電視機前睡著的空擋，給他倆泡了茶，在茶邊擺了牛奶糖，靜靜地看了他倆幾秒鐘後，就頭也不回直接跑走。

她按下了生命的大紅圓按鈕，她離家，還出走。

她想解開洞窟裡的星光謎題，她想讓阿公阿嬤，和研究黑洞的女孩瞧一瞧，你看你看，我也可以。前五年裡，阿辣認真用盡全力，她跳上每一艘開往南半球的船，翻破每一卷相關的海圖，找過每一位自稱是專家的專家，但卻沒人知道她在說什麼，大部分人連那個故事都沒聽過。

阿辣沒有退縮，她比生長在黏答答海怪肚子上的藤壺還固執，她換過一艘又一艘船，查完一條又一條航線。南半球透明甜美的海是軟的，可是阿辣卻在那兒碰了一世界的陌生和拒絕，一次一次再一次。

所以說一個人喜歡另一個人，能喜歡多久呢？

年復年，日復日，徬徨晃蕩。為了糊口，慢慢地慢慢地，阿辣把海圖地圖塞到背包底，慢慢地慢慢地，她有點認命了，她鬆開手了，反正那大概也不是真的，那到底還有什麼是真的？

千迴百轉的洋流把她帶到不同的國度，她認識了桀敖不馴的火山，親手摸過嗯嗚低鳴游在無底深藍裡的龐大海怪，也見過了發光的白蝴蝶。

她漂亮的透灰色雨靴從一開始的灰色，踩成了泥雨斑駁的暗沉。

她忘了自己的忘記，她忘了自己為何不能在任一艘船上長久停留，忘了自己為什麼要一直逃。忘了自己是怎麼長成了無心的大人，永遠在算計離開，永遠在預備傷人。阿辣忘了自己的忘記。

日行入夜，在連海流也受夠了她的那晚，一名窮途末路的小偷在破舊的貨運船上試圖撬開船長的保險箱。

那晚的夜空出奇地黑，是鍋底的黑、翻墨的黑和殉情的黑，可是髒兮兮的小偷卻透過迷船側腹的厚小圓窗，看見了清冷透藍的光，她把鼻尖湊近窗玻璃，想瞧清楚那到底是個什麼。

不瞧沒事一瞧不得了，小偷嘴巴開開，看到了透黑夜色裡比天青石礦還透還藍的海，而海的上方有一小塊形狀奇特的星空。

星光是很淡很輕的藍。

這是哪裡啊？

那名小偷幾乎覺得心痛痛的，卻又什麼也想不起來。她明明到過了每一座海，見過了每一種藍。

轟！在這一秒船身晃盪，船撞上環繞海域的石礁。石礁像經驗老到的料理師傅，刷一下就把船腹劃開，像劃開油脂豐美的鮪魚肚。滿是氣泡的海水歡快地淹上船上空間，搖晃間乘客一個個嚇醒，驚慌失措地組織起救生隊。

忽視了這一切混亂，那名小偷跳入水中，情不自禁往光的方向踢水前進，波浪一下把她推起一下把她吞沒，她不在意，她掙扎前進，在就要失去力氣時，海流一個巧勁將她送入深黑的石灰岩洞裡。泡在水裡的她抬起頭，看到了點點星光迷散迷離，那是魔幻的藍、冰塊的藍和糖甜的藍。

「哇喔，這是星空嗎？」小偷忍不住想。

「什麼啦，星星明明就是超高溫的氣體，怎麼可能跑到什麼山洞裡。」她幾乎聽見一個非常不滿的聲音在抱怨。

「嗯？」小偷警覺地東張又西望，想找出聲音的來源。

像想回答她的問題，暗夜的海裡有什麼東西輕擦過她的小腿腹。小偷揮手踢水，瞇眼觸摸，這才發現自己的正下方有一整群摩牙擦鰭，繞著她游的小鯊魚。

粗糙的鯊魚皮擦破了記憶的膜，有了開口，遠悠悠的落山風終於可以從暗底吹回。小偷嗆到水，太忽然地想起了老阿公、小漁村、灰雨靴和她的冒險小說。

想起了像星星一樣耀眼的黑洞女孩，和自己離家出走的原因。

☆

她慢慢慢慢踢水迴身，怔怔愣愣地看著洞穴下的透美溫潤的海和洞穴裡清淺透藍的光，過了好一會好一會，阿辣才終於意識到：！！！！！

她找到了！她找到了！那麼多年，那麼多年，她終於找到了這一塊海！她大笑開懷，阿公說對了說對了！真的有這片海！真的有這口洞！一條小鯊魚試探性用尾巴拍了拍阿辣的手。阿辣一點也不怕，她怎麼會怕呢？她珍視此魚此海，更甚任何款式的保險箱。

大功即將告成，謎團即將解開。

阿辣抬頭伸長手，想摸摸岩壁上的光，可是岩壁濕滑，星光高懸，說真的她勾不著啊。她轉而踢水往岩壁邊邊靠，用力伸手摸到了藍光的邊緣，收回手後阿辣發現自己摸到的東西黏黏的，像鼻涕，也像蝸牛的黏液。

其中一條小鯊狠狠地咬了阿辣的小腿腹，溫紅的血滴滴溶入透美的海，傷口的痛讓阿辣差點浮不出水面。阿辣勉為其難地瞇眼看，這才看到手指間除了黏液，還有一條兩、三公分左右的半透明小蟲。

啊哈，謎團解開，這果真不是什麼星星，阿辣露出得意的笑。在認真失去力氣以前，阿辣把小蟲放回岩壁，然後往上看了一眼，最後一眼，那幾乎和星空一模一樣的洞穴光亮，然後她想起阿公，想起那晚泡的那杯茶，覺得那茶一定涼了吧，畢竟都過了這麼、這麼久。

✯

當羞答答的冬陽再次爬上天際，活過船難的人們渾身濕透地找回了孩子和行李。他們大感驚奇地發現，除了船長的保險箱，其餘人等的終身積蓄，全都被一名好心人士整齊地收入了一個灰塵顏色的後背包。在他們謝天謝地，拍手唱歌的同時，他們也聽見了表情很臭的船長悶悶地宣布，在這次的意外裡，只有一個人失蹤。

第一群遠渡重洋的水手說，船上的乘客等了又等，等了又等，但當然誰也沒等到，因為那女孩早就死掉了。

第二群遠渡重洋的水手說，她才不是死掉，她是摸到那個光，所以可以重新許願，去任何自己想去的地方，變成任何自己想要的模樣。

溼答答的大哉問

流浪漢動也不動醒過來。

他閉著眼，意識到自己平躺在地，而且全身都溼透了。他再次聽見那個透灰東西的呵欠，並且小聲地抱怨這一切真的有夠累。

對於透灰東西的碎碎和唸唸，流浪漢沒搭理，他只是伸出手，摸了摸自己的頭髮和衣服，再舔了舔手，嗯，是鹹的。

這可不是什麼打翻的白開水，這是海水，是第二個夢境裡的海水。

他坐了起來，直接了當問：「這是什麼？」

和第一個夢境後相比，透灰東西又縮小了好多，她現在已經不是西瓜，而是三顆火龍果堆在一起的大小。

聽見問句，透灰東西停下動作，問：「啊？」

「你是什麼？」流浪漢清掉耳朵裡的海水。

「我是什麼？」透灰東西看來比流浪漢還困惑。

「這些……這些夢境是什麼？那個廢墟、影子裡的聲音、黑色小蟲和這次的海洋和星光和會發光的蟲，這些都是什麼？」

「喔……」透灰東西吞吞吐吐。

「你為什麼要給我看這些夢？」

「因為……」

咚一聲，有個迷你杯的哈根達斯夏威夷果仁冰淇淋由門邊滾了過來，透灰東西和流浪漢一起轉頭，看見躡手躡腳的男孩提著兩個滿到不行的塑膠袋站在門邊沒有動。

「對不起。」男孩說。

「嘔。」透灰東西扮鬼臉吐舌頭，噗呼一下就消失。

「啊！」流浪漢跺腳，回瞪男孩。

「啊我就說了對不起了啊……」男孩說。

Part Three

夢、糖，與微量元素

兩座海洋的距離

從軍中退下後，老將軍的每日例行事項就是走出家門，「千公分」迢迢地踱到鐵軌旁的橘樹下，泡一壺茶，和三不五時拜訪的親戚說說話。

老將軍的記憶褪了色，同一個故事他每過幾天就要再說一次，驚嘆幾回，不過還好，他的故事每個都有夢的血統，每一個都夏日多彩、平安溫順。

這天老將軍起了個早，和身旁讀報紙的老裁縫第八十七次講完了武陽坑道的事後，他就瞇眼瞧見了埃及斑蚊。

埃及斑蚊抱著一個大箱向橘樹走來，女孩的眼底有小小壞壞的快樂。橘子樹的另一邊，睡眼惺忪的阿糖也正揉著眼走近。

見了阿糖，埃及斑蚊使勁揮手道早安。

「埃及斑蚊，那是什麼東西？」阿糖打了個呵欠，看著大箱子問。

「我想到了個天大好主意。」埃及斑蚊神祕兮兮地說。

「啊？什麼主意？」

「我要離家出走。」

「啊!?」阿糖馬上睡意全失。

「不擔心，」埃及斑蚊拍拍箱子說：「我還是要煮孟婆湯，只是這次，連爸爸也一起喝，爸爸媽媽喝了湯把我給忘了，我就可以離開啦，想去哪裡都可以。而且，現在我們有了昆蟲學家，我可以去當他助手啊，我學得很快的，可以自己賺自己的錢。」

阿糖目瞪口呆。

「只是說……」埃及斑蚊摳摳鼻子問：「我可以先住到你和阿公那裡嗎？你的阿公會答應嗎？」

「埃及……」阿糖有些嚇壞了，喃喃地問：「你要離家出走？」

「對啊。」

「為什麼？」

「我實在受不了爸媽吵架了啊。」

「可是……可是那是他們的事，你不用為了這個煩啊。」

「你說來簡單，又不是你天天待在那個裡面。」埃及斑蚊揮揮手，眼睛亮亮地說：「好啦，快點，我們去公園煮湯。」

「可是……」阿糖被埃及斑蚊拉著走，說不出反駁的話。

可是在前往公園的路上，他倆卻碰上了昆蟲學家。

昆蟲學家坐在路邊，頭髮凌亂，眼神失常，像極了終年把自己關在實驗室裡，關到腦子都壞掉的科學家。昆蟲學家的面前有個大玻璃罐，罐子裡拍飛、舞動著幾隻白色的大蝴蝶。昆蟲學家看看蝴蝶，再飛快地在筆記本上寫下描述，兩個小孩來到了昆蟲學家身邊。

「噢，這就是那個嗎？」埃及斑蚊嘴巴開開，瞇眼觀察罐子裡的蝴蝶。

「噢。」阿糖看來有點憂心忡忡。

聽見了兩個小孩，昆蟲學家猛然抬頭，難掩激動、結結巴巴地說：「這……這個蝴蝶和報告描述的一模一樣，我……我……我得馬上把這個帶回博物館檢查。」

「啊，博物館啊。」埃及斑蚊頓了頓後問：「博物館會很遠嗎？」

「噢。」阿糖垂下肩。

「很遠嗎？」昆蟲學家困惑不解。

「嗯，博物館怎麼去啊？」埃及斑蚊問。

「噢。」終於聽懂了問題的昆蟲學家吐了口氣，搖搖頭說：「埃及斑蚊，博物館太遠了，和貓鬍子整整隔了兩座海洋呢，埃及斑蚊你不能和我一起去。」

「兩座海洋？」埃及斑蚊有聽沒有懂，問：「是阿辣蟲洞穴的那個海洋嗎？」

「也就是說在今天後，」阿糖忽然大聲道：「我們就看不到你了嗎？」

「啊？」還是搞不清狀況的埃及斑蚊看看阿糖，再看看昆蟲學家。

「埃及斑蚊還有阿糖，」昆蟲學家不知所措地說：「我們明天一起早餐，好嗎？」

*

臨別的早餐後，看著安靜落寞的埃及斑蚊，昆蟲學家抓抓頭，請求兩個小孩幫他顧行李，小跑步走開。

昆蟲學家的腳跟才消失在街轉角，埃及斑蚊就蹲了下來，在他的行李堆裡粗魯地翻翻又找找。

「埃及斑蚊，」阿糖抽了口氣小聲問：「你在幹嘛？」

「有天連你也會離開我嗎？」埃及斑蚊一面找一面問。

「……我會，但我會待到你準備好為止。」

「如果我一輩子都沒準備好呢？」埃及斑蚊蠻橫地問。

「那我就一輩子留下來。」

「我不相信。」

「埃及斑蚊，」看見了埃及斑蚊翻出的東西，阿糖低聲問：「把他的蝴蝶偷走了，你就會感覺好一點嗎？」

「會。」埃及斑蚊把蝴蝶趕入自己帶來的奶粉罐，完成罪行，把行李恢復成原狀，帶著隱約的勝利氣息坐回阿糖身邊。

沒多久後，買完東西的昆蟲學家轉過街角，向他們走來。他把一個粉紅色的保麗龍盒擺入埃及斑蚊的懷中，再給了阿糖一小罐楓糖。昆蟲學家睜大眼睛，討好地說：「禮物，打開看看啊。」

埃及斑蚊氣鼓鼓地不開盒，阿糖推推埃及斑蚊，說：「你看一下啊。」

「我不要。」

「唉。」阿糖替埃及斑蚊掀開了粉紅色的盒子，眼睛一亮地說：「哇喔埃及斑蚊，是冰淇淋耶，是一整盒冰淇淋耶！」埃及斑蚊憋著表情，用盡全力看著天空。

昆蟲學家不知所措地拍拍埃及斑蚊的頭，再拍拍她的頭，說：「你好傷心，不要這麼傷心。」

「你說個故事給她聽啊。」阿糖提議。

「呃……嗯……好，埃及斑蚊不要傷心，我們都還活著啊，都還沒被采采蠅給咬到，我們總有天還會再遇見的。」

「采采蠅又是什麼啊？」阿糖問。

「我要來說故事囉。」昆蟲學家觀察埃及斑蚊的表情，說：「我真的要說囉。」

埃及斑蚊看著天空，不搭不理。

昆蟲學家說：「神祕的采采蠅啊，是一種出沒在撒哈拉沙漠以南的糟糕病媒蟲，如果一不小心被它咬到，那就可能會染上睡眠病，怎麼叫也叫不醒，一睡著就醒不來，然後就一路睡睡睡，睡到死掉啊。那有多糟糕啊，埃及斑蚊，我們都還活著醒著，總有一天能再見面。」

「采采蠅嗎？」阿糖一個字一個字復述。

「嗯，風采的采，漂亮的名字，糟糕的蟲。」昆蟲學家又拍了拍埃及斑蚊的頭，說：「你說話嘛。」

「不知道說什麼啦！」埃及斑蚊氣呼呼地看了眼冰淇淋盒。

「你可以說『待會見』，」昆蟲學家笑著說：「我們總有一天還會遇見。」

「我不相信。」埃及斑蚊悶悶不樂。

卡咚卡咚，鐵黑色的列車撞開飄飛在空氣裡的煙塵，停在月台前。昆蟲學家提起大包小包行李，步入車廂。他轉過頭來，隔著窗玻璃對兩個小孩揮揮手。

「還來得及還給他喔。」站在埃及斑蚊旁，阿糖用輕到不行的聲音說。

「不要。」埃及斑蚊一口回絕。她向玻璃窗後的昆蟲學家扮了個醜到嚇死人的鬼臉後，掉頭就跑。

「啊。」阿糖一愣，連忙和昆蟲學家揮手道別，半追半跑追上埃及斑蚊，喘著氣說：「車還沒開呢。」

「到公園了啦。」埃及斑蚊在階梯旁停下腳回過身，把自己的大箱子塞給阿糖，然後就頭也不回地跑掉。

埃及斑蚊煮湯囉

那個午後天色複雜，遠空的藍和雲朵的白攪在一塊，公園裡的兩個孩子都沒心情看。

茄苳樹下，瓦斯爐上，大鋁壺裡的水咕嚕咕嚕、高溫冒泡，蹲在一旁的埃及斑蚊吸吸鼻子，打開她的大箱子，一個一個拿出她順手摸來的雄黃酒、乾紅棗、牛奶糖、油蔥酥，和昆蟲學家剛剛送的冰淇淋。在一旁靜靜看著的阿糖輕輕問：「埃及斑蚊，這些東西全加在一起，就能煮出孟婆湯了嗎？」

「嗯，這些是，我每一個最重要的人的最重要的東西，全都煮在一起了，」埃及斑蚊頓了頓，抬頭問：「怎麼可能沒有魔法？」

聽了這話，阿糖點點頭，沒再提問。

埃及斑蚊倒一點老爸的雄黃酒入冒泡高溫的水裡，丟兩顆老媽喜歡的紅棗，然後加入橘子樹下老將軍的牛奶糖、老裁縫的油蔥酥，再挖一大口冰淇淋抹在壺口沿，看著冰淇淋慢慢下滑，然後咚一下掉入熱水。午後的糖廠公園一派平和，像在搖椅上安詳打盹的老奶奶。

「給我。」埃及斑蚊伸出手。

「啊？」

「他剛剛給你的楓糖漿啊。」

「噢。」阿糖從口袋裡找出楓糖漿，遞上。

「這個，你非常喜歡，對吧？」

「嗯，非常喜歡。」

「好。」

埃及斑蚊倒入一點楓糖漿，關好蓋子，再從奶粉罐裡抓出一隻白蝴蝶，在鋁壺上的暖和蒸汽中，輕輕用指頭彈了彈蝴蝶的白翅膀——像在陽光下打棉被，抖落朵朵微塵——動作完成後，她把蝴蝶輕輕放回奶粉罐，壓好蓋子。

「你偷走了那個蝴蝶，那昆蟲學家怎麼辦？」阿糖問。

「哼，反正他那麼厲害，」埃及斑蚊悶悶不樂地說：「再重新找一次就好。」

「也許吧。」阿糖看著蝴蝶，欲言又止。

「好，最後一個材料。」埃及斑蚊找出最一開始，她在糖廠宿舍群裡找到的紙鎮，就著路面用力敲，敲了好幾下，終於敲出一點屑屑。埃及斑蚊捏起一撮，就要將其投入鋁壺時，卻忽然有陣大風由糖廠宿舍的方向吹了過來，風把寫了孟婆湯材料的五彩糖紙吹散吹遠，把火吹熄。

「停！停！停！」埃及斑蚊對著風大喊：「停下來，停下來。有些東西給了就不能收回，現在，這個就是我的東西。」風持續胡亂吹，絲毫沒有停下的意思，埃及斑蚊在風裡想了好幾下，阿糖壓著散落在地的材料，最後埃及斑蚊深吸口氣，更篤定地說：「停，停。從你……從你故意躲起來不給大家看見的那天起，從你說謊的那天起，我就不欠你什麼了，一點，一點都不欠。」

這次風遲疑了，像被踢到鼻子的狗狗，古怪的風嗯嗚低鳴，然後慢慢地，慢慢地停下。午後的糖廠公園坐回了搖椅，再次像起了安詳打盹的老奶奶。

埃及斑蚊滿意點點頭，像一名風光的馴獸師——喔不，應該是自然災害馴服師——她坐回原位，答答轉開借來的瓦斯爐。

「最後一個材料！」埃及斑蚊大聲說。

「最後一個。」阿糖攏了攏地上剩下的紙鎮屑屑，把黑屑屑投入鋁壺，關上蓋子，數到十，關上火，大功告成。

一碗對埃及斑蚊而言，最最神奇的魔法湯，就如此告成。

「欸，」埃及斑蚊問：「你覺得這會有用嗎？」

「等一下就知道了。」阿糖說。

「嗯，陪我回家嗎？」

「好。」

糖果神明在哪裡

在製糖小鎮的邊陲，一戶人家後院裡，小湯圓蹲在媽咪屁股旁，手裡抓著一株毛絨絨的狗尾草揮呀揮，他心滿意足東張西望，看看堅固的磚頭紅，看看冒煙的甜湯紅，再看看媽咪臉上的紅通通，和貼在綠木門上的灶王爺圖相。

「媽咪，神明都長這樣嗎？」

「嗯？」少婦用油膩的手使勁轉開酒釀罐，想倒一點點酒釀入湯，卻不小心手滑，把整罐酒釀全倒入了湯裡。

「媽咪，神明要去哪裡找啊？」

「啊……」少婦呆呆地看著空了酒釀罐，沒回答。

「媽咪！」小湯圓大喊。

「哎！什麼？」少婦終於轉頭看到了自己的小孩。

「哪裡——找得到——這種神明？」小湯圓指著灶王爺圖相，一個字一個字問。

「啊？」

「這個神明啊，要去哪裡找？」

「喔。」終於聽懂了問題，少婦答：「找不到的，神明都躲起來了。」她用湯杓壓了點湯，試喝一口，驚恐於湯的難喝程度，瞪大眼睛不可置信。

「為什麼要躲？」

「因為世界太亂啦。」她索性擱下木勺，嘆口氣回想：「以前我的阿嬤都和我說，要等到世界太平的那天，害羞的神明才會出現。」

「什麼是世界太平？」

「就是整個世界都沒有吵架。」少婦說：「到了那時，害羞的神明和漂亮的龍和鳳，才都會出現。」

「那現在神明在哪裡？」

「住在神奇的東西裡吧。」少婦說：「灶王爺住在灶裡，灶王爺喜歡吃甜，吃了甜的，他就不會到天庭告我們的狀。」說到這個，少婦靈光乍現，她趕緊找出半包白砂糖，倒了大半包糖到湯裡。

「媽咪，世界太平還要很久嗎？」

「這就要看你們的造化啦，以後的世界是你們的嘛。」少婦攪拌甜湯，再次試喝，鬆了口氣點點頭——呼果然，加了糖就沒事了。她拍拍小湯圓的頭說：「但世界上不是只有灶神喔，還有門神、火神、掃帚神，所以湯圓啊你不管到了哪，都要記得當個好小孩。」

「那有鹽巴神嗎？」

「或許喔。」

「那有糖果神嗎？」

「嗯，說不定也有吧。」少婦笑著回答：「我們先來拜拜吧。」

高級夢境的特質

男孩回來後，透灰色東西噗呼一下就消失，流浪漢嘆了口氣，趴到地上東張西望，和先前一樣，他再次找到了發亮的黏液蹤跡。蹤跡通往客廳關著的一扇門。流浪漢邁開大步，轉動門把，看見了男孩家的儲藏室。窄小的儲藏室裡啥都沒有，只有一個奶粉罐。

「嗯？」流浪漢一愣，撿起奶粉罐，抹掉罐子上經年累月的灰塵，掀開塑膠蓋，找回了體積現在約略只有荔枝大小的透灰色東西。奶粉罐裡還有另一種東西，看起來像……死掉的乾蝴蝶。透灰東西深深地睡在蝴蝶旁，流浪漢抬頭看男孩。

「我覺得你絕對知道這是怎麼一回事。」流浪漢說。

「給我看，」男孩踮起腳尖，問：「又縮小了嗎？」

「嗯。」

「這次又是另一個夢嗎？」

「那真的只是夢嗎？」流浪漢問。

「嗯……」男孩想了想，神祕兮兮地說：「最好的那種夢，不就是……可以讓人好好醒來的那種嗎？」

「啊……」奶粉罐子裡的透灰東西翻身醒來，她臉臭臭地探出奶粉罐，臉臭臭地瞪著男孩。

「好……好久不見。」男孩小聲說。

「我不喜歡你。」透灰東西表明。

「對不起，我不該把你放到冰淇淋裡。」

「我在那些顏色裡繞了好久，都找不到出口。」

「我真的很抱歉。」男孩有點慌張地說：「我……不會再把你冰起來了。」

「可是你還是買了冰淇淋。」透灰東西指出。

「那……那只是為了小心。」男孩辯解。

「我不需要你的小心。」

「好了我說，」流浪漢插話：「這到底怎麼回事？」

「只剩下最後一個夢了。」透灰東西對著流浪漢說，然後她伸出自己迷你的透灰色手掌，像個頤指氣使、配戴珠寶的皇太后。

流浪漢看了看男孩，男孩點了點頭。於是流浪漢深呼吸，伸出指頭，碰了碰透灰東西的手掌心。

采采蠅和甜願望
Glossina

在一座好遠好遠，遠到彷彿並不真實的糖楓林裡，有一個年輕的女子正獨自盪著鞦韆。她的年紀不小囉，不再是因為絕望就愛上黑影的孩子，也不是為了追尋遠星而離家出走的少女，這次的這個女子有一頭漂亮滑順的透灰色長髮。她的名字是阿采，風采的采。

這時，阿采坐在鞦韆上，有一晃沒一蕩地踢著腳，漫不經心看著眼前的糖楓林，泡在自己果凍顏色的思考裡。每年到了這個淺橘色的季節，她都會來到這兒等自己的母親。

和阿公、阿嬤和阿姨們一起長大的阿采從小就聽飽了關於母親的好故事，大家都說她的母親溫慧、勇敢、果斷，就像小鎮後方最美好的那座糖楓林。可是這樣的母親，阿采卻直到現在都沒見過。大概在她五歲，或六歲那年，阿采的母親離開了家，離開阿采，隨著阿采父親離開了糖楓林，從此沒回來過。

沒有母親陪伴的阿采長大後成了實事求是、話不多說的女孩。在每年的淺橘時節來到這兒等媽媽，就是她現實精確的生命裡，唯一的天馬行空。

只是說這天，等啊等的阿采沒等到母親，卻等到了個流浪漢。那流浪漢模樣的男子頭髮凌亂，眼神迷惑，身旁還絕對還飛了一隻胖嘟嘟的大黑蠅。

遠遠看到那傢伙在糖楓林裡東張西望，鞦韆上的阿采就挑剔地別開了臉，全心希望流浪漢可以識趣點走開，沒想到他遠遠見了她，竟然就筆直朝她走來。

「嗨……」流浪漢瞇著眼看著阿采的透灰色頭髮，一步一步走到她的跟前。他張開嘴想說些什麼，卻又皺眉困惑，說不出個所以然。

「請問有什麼事嗎？」阿采尖銳地問。

「請問那個……你的頭髮一直都是那個顏色嗎？」流浪漢搔頭摳耳朵，不好意思地問。

「是，怎麼了嗎？」阿采不耐煩地說。

「那麼……那應該就是你吧，我好像應該要給你一個什麼，一個重要的東西……」，流浪漢翻找全身口袋，最後終於在屁股後的口袋裡找到了顆白色的糖果。

「啊哈！」他眼睛一亮，打開手掌把糖亮給阿采看，說：「就是這個，請問我可以把這個給你嗎？」

「我不需要，謝謝。」阿采迅速回絕。

「不是不是，這個很重要，這個……好像叫做……」流浪漢敲敲腦袋，像忽然被推上舞台的臨演用力想：「啊！想到了啦，這東西叫『願望』，如果你吃掉這個，那麼……那麼世界就會替你實現你心裡最真心的願望。」

聽到這個，阿采露出懷疑，勉為其難地瞥了眼流浪漢手裡的糖。那顆糖果是白色的，是砂糖的白，絲綢的白和實情的白。

「吃掉這顆糖，願望就能實現嗎？」阿采嗤之以鼻地問。

「嗯，能實現。」流浪漢誠懇地說。

「如果沒實現呢？」

「嗯，一定會實現。」

阿采帶著一點嫌惡看著流浪漢，最後說：「如果我收下了，你就會走開嗎？」

「會，我會走開，然後……」流浪漢抓抓頭髮，說：「你可以選擇要不要吃，如果吃了，願望就能實現，但也會看見真相，一旦看到了真相，就沒辦法忘掉了。」

阿采搖搖頭，輕蔑地笑，心想區區一個流浪漢，怎麼會知道他在說什麼？看著手裡的糖，阿采當然知道自己的願望，她聳了聳肩，一口吃掉糖，三下就咬碎。糖的甜淡淡的，香氣使人想起小時候的古早味香蕉冰。

阿采吞下糖，正想開口追問，一陣多彩龐然的風卻就吹了過來，在幾秒間吹散了糖楓林裡的流浪漢，吹散了午後的時光和溫暖，還把下午吹入了黑夜。

阿采怔怔呆坐在鞦韆上，心咚咚咚跳，動也不敢動。她很慢很慢東張西望，糖楓林裡不再有神奇的風，也沒有大放光明的月。她跳下鞦韆，重複來回繞圈尋找，卻完全沒有任何一個人穿過糖楓林，回到她的身邊。

阿采哼了一聲，失落失望，當然是假的，怎麼可能是真的？忿忿不平，她返家，洗澡，就寢，睡著，卻就再也沒有醒來。

阿采日復日昏睡，像要把累積了一輩子的失望都給睡回來。沒人知道這怪病的由來是什麼，更沒人有能耐能把她喚醒。阿采的阿姨們找來了每間醫院的每種醫生，卻每種醫生都束手無策。

醫生們離去後，來了學者。細胞學家、血液學家、腎臟學家、骨頭學家和心臟學家全都擠在病床前嘖嘖稱奇，爭論討論，卻還是一樣沒人有解方。

直到有天，來了一名夢境學家。

見了夢境學家，滿屋子的正規醫學家們馬上冒出濃濃酸味，噢不不不，他們可不認為「夢」是身體的一部分，什麼什麼夢境學家？簡直江湖術士，簡直野狐禪。

然而在皺眉搖頭的眾人前，夢境學家空然平靜，不疾不徐。他拿出了儀器和刺針，測量溫度，探測虛實，許多來回後，他讀了儀器上的指數，搖了搖頭說：「她的夢太燙了。」

滿屋子鴉雀無聲，誰都瞪圓了眼。

夢境學家推推眼鏡，憂傷地解釋：「淺意識的溫度其實非常高，夢境也是，願望也是，有點像熔岩吧。出於某個未知的原因，來自她潛意識底層的夢和願望全淹到了表層，目前可以觀測到的現實和清醒都融化了。世上有一些病得了一次就不得了，這一個滾燙夢境症候群，就是個好例子。」

「那……有藥吃嗎？」阿采的阿姨遲疑地問。

「噢，來不及了。」夢境學家搖搖頭說：「夢和願望是非常糟糕的導熱體，想讓夢冷卻啊，得花上好幾十年。如果她能醒來，那就能醒來，如果醒不來，那就誰也沒辦法。」

夢境學家說完話，轉身看了眼阿采，嘆口氣收拾了器具就離開了，留下更多謎團和震撼。

春暖花開，隆冬又過。

糖楓林一如既往地表情空白，無動於衷。在阿采的病末期，她得到了翻江倒海的名氣。隔壁小鎮，甚至隔隔隔壁小鎮的人們全都專程搭車前來觀賞，觀賞這個睡到深處，不能醒來的女孩。

一下許了太重願望的女孩的生命，像一弧細黑的拋物線，輕忽地來到岌岌可危的高點，一秒、兩秒、三秒，然後下墜。

在心停止前的那秒，病床上的阿采眼球轉動，恍然大悟地看見了那孩子步入黑影宮殿的真實原因，鬆一口氣地感謝她有在黑洞裡遇見星星，然後她看到了自己和母親的相像和相異之處。阿采嘆了口氣，不再等待。

空悠悠的糖楓林啊，仍然那麼空悠悠。一隻不以為然的大黑蠅在那午後跌跌撞撞地飛出了阿采的窗，林間隱約地傳來一聲：

「哼。」

就像微量元素吧

知道自己終於來到夢的褪色邊沿，流浪漢平躺在地上，漂浮而平靜。他聽見男孩輕輕咳嗽，於是他睜開眼，坐了起來。男孩問：「這次是什麼呢？」

「這一次，我也在夢裡耶。」流浪漢抹抹臉，愣愣地說。

「什麼樣的夢？」男孩問。點了點頭，鉅細彌遺，流浪漢把第三個夢境說給男孩聽。聽完夢，男孩思考了良久良久，然後說：「透灰色的睡衣、透灰色的雨靴和透灰色的頭髮，每一個都是埃及斑蚊呢。」

「誰是埃及斑蚊？」流浪漢問。

「你有戴過隱形眼鏡嗎？」男孩忽然問。

「啊？」

「戴上去很簡單，可是拿下來就很難，要學會怎麼從滑溜溜和濕答答裡，用剛好的力道捏住一點什麼，撕下來。太粗魯會受傷，太輕又什麼都抓不住。把一塊受傷的記憶從孩子心上撕下來和把差點就要死掉的靈魂從大人身上捏下來，都是一樣的道理。」

流浪漢大皺眉頭，安靜等待。

男孩繼續：「很久以前，我也以為撕下來就沒事了，誰知道反而惹出大麻煩。也許就像那個什麼微量元素嗎？明明只是少到不行的一點點，沒有了就全都不對了。」

「你得再多說一點才行。」

「從埃及斑蚊受傷的那天說起好了。」

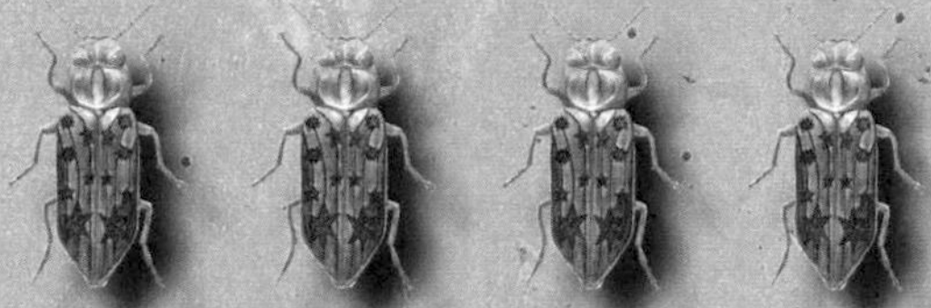

Part Four

糖果店的怪老頭・甘蔗田裡的謎底

埃及斑蚊受傷了

團團和氣，埃及斑蚊和阿糖一個提著大鋁壺、一個抱著粉紅盒，一起穿過泡在陽光裡的貓鬍子鎮，來到埃及斑蚊的家門口，然而還沒入門，他們就聽到了有人歇斯底里的尖叫，和另一個人失控的大吼，接著，是重重的一聲咚，像有什麼掉到地上。

埃及斑蚊和阿糖驚恐對看，急著推開門查看。

兩個孩子隨即看見埃及斑蚊的母親赤足光腳、披頭散髮地躺在地上，沒了意識。她的手裡抓著不銹鋼掃把，空心的掃把桿凹陷了，彎了歪掉。地板上有碎玻璃、破酒瓶、濃烈馥郁的酒和血。

見了埃及斑蚊，她渾身酒氣的爸爸咧開嘴笑，呼嚕呼嚕地說：「你媽啊，她剛瘋了，好用力啊，拿掃把敲自己的頭，所以我就打了她，可是才打了幾下而已。我很快就停了。」說完話，男人心滿意足拍拍肚子，像讚許自己做了好事的孩子。他坐到地上，調整姿勢，隨即睡去。

嚇壞了的埃及斑蚊先拍拍媽媽的手，再推推爸爸的頭，兩個大人都動也不動。

埃及斑蚊的眼淚大顆掉下，呼吸開始急促，她咚一聲趴到地上，喘不過氣地開始哭。

*

看到這裡，一直在旁安靜觀察的阿糖受夠了，他站起來，繞過滿地的酒和血和碎玻璃，分別按了按埃及斑蚊父母的額頭，像按下暫停鍵，於是時間就在兩個大人身上停了下來。

阿糖接著走到埃及斑蚊身旁蹲下，拍拍她的肩，再拍拍她的肩。埃及斑蚊哭到失控，不能停下。

「埃及斑蚊沒事了，深呼吸，深呼吸，慢下來，慢下來。」男孩溫柔地拍著埃及斑蚊的背，然後說：「你還記得你問過的那個……躲在哪裡的問題嗎？」

埃及斑蚊還在哭泣。

「在這一整個世界裡，如果可以選個地方躲，想躲在哪的問題啊。」男孩捧起昆蟲學家剛剛送給他們的粉紅色保麗龍盒，在埃及斑蚊面前打開，然後說：「你看，你很喜歡這個吧，這可是昆蟲學家送給你的禮物耶，甜美多彩，綿軟細膩，如果可以在這裡面冬眠，就一定不會那麼傷心了。」

埃及斑蚊沒說話，她只是哭，停不下地哭。

男孩拉起埃及斑蚊的手，掰開攤平，小心讀她手裡的線，然後他鬆一口氣，說：「埃及斑蚊你聽好，世界上很多大人都被自己困住了，做不出靈巧的選擇，可是你不同，你還可以好好長大，懂嗎？」

埃及斑蚊哭到鼻涕滴下來，搖頭再搖頭。

接下來，從來都不只是男孩的阿糖動作輕巧伸出手，一毫克的痛都沒給地，從埃及斑蚊的額心撕下一塊什麼，動作迅速放入涼冷的粉紅色冰淇淋盒，壓上蓋子。

唯一的問題是「記憶」沒有分別。

於是打從埃及斑蚊認識阿糖那天起的，她身體裡的一切記憶，從最好的到最糟的，最心動的到最心痛的，全都被撕了下來。

她忘了自己在糖廠廢墟裡有過的朋友，忘了昆蟲學家，忘了母親，也忘了自己的名字。

糖果紙裡的告白

離開的列車上，昆蟲學家做了惡夢。

他夢到自己在一扇龐大古老的黑門前，原先應該要堅硬無比的石門出現了裂縫，像就要裂開的蛋殼。門後的東西伸出尖銳的指爪，想要把門抓破。

門後的謎樣生物嘶聲低鳴，沙啞地說：「讓我出來，如果不讓，你就會丟掉好重要的東西。」昆蟲學家抽動嚇醒，睜開眼睛。

列車窗外，綠野稻田，陽光溫暖，昆蟲學家的心咚咚跳，他撫著胸口，搖搖頭覺得好笑，他才不會失去什麼重要的東西，他可是找到了也許能治癒悲傷的蝴蝶呢。他對自己說。

像要證明，他彎下身從行李堆裡拉出裝著煤灰蝶的玻璃罐，可是一拉，就覺得重量不對，他連忙解開包裹著罐子的布，仔細一看。這才發現罐子裡裝的已經不是他的活蝴蝶，而是一顆裹了糖紙，卻沒完全包好的圓石頭。

半莞爾半惱怒，昆蟲學家倒出石頭，拆開糖紙，抬了抬眉毛後看到石頭上寫了字。第一面，埃及斑蚊用胖胖的字體畫了顆心，在空心的中央，她寫了「哈」。在第二面，昆蟲學家翻過石頭，則寫著「偷走了，你活該」。

在向前飛馳的列車上，昆蟲學家忍不住笑了出來，這個皮蛋，竟然偷東西？他匆匆收拾行李，比自己想像中還快樂地下了車，跳上回程列車。

滿不在乎過日子

那天午後，靈魂缺了一角的女孩倒臥在地，輕閉著眼，感到平安而溫順。在團團深黑的靜謐裡，她發現自己誰也不是、什麼也不想要，還什麼都不用知道。她聽見另一個小孩緊張兮兮地說：「欸，埃及斑蚊，欸埃及斑蚊起來了啦。」

可是，那個女孩淺淺地想：既然我誰也不是、什麼也不想要，還什麼都不用知道，那為什麼我要起來啊？

「喂你起——來——了——啦。」另一個小孩使勁推她，他問：「你還好嗎？感覺怎麼樣？有沒有想去的地方？」

很慢很慢，靈魂缺了一角的女孩搖搖頭。

「你不是喜歡燈塔嗎？我們可以去看燈塔啊。」另一個小孩說。

很慢很慢，靈魂缺了一角的女孩再次搖頭。

「噢這次真的糟了……」另一個小孩彷彿知道自己闖下大禍，他的聲音裡有絕望：「你起來了啦！」

啊啊啊啊啊！靈魂缺一小角的女孩不耐煩張開眼，臉臭到不行地坐了起來，她看看四周，發現自己在一個像是儲藏室的空間裡，身旁有一個粉紅盒子、一個奶粉罐、一個大鋁壺，和那個看來相當絕望的男孩。地上有一點暗紅色的痕跡。男孩手裡有兩隻肥肥的……

「那是什麼？」女孩發問。

「什麼是什麼？」男孩身體坐直。

「那個啊。」女孩指著男孩手裡的東西。紙盒裡裝著兩條「東西」，一個是紅色的，一個是棕色的，紅使人想起甜棗、磚頭和臉頰上的紅通通，棕使人想起酒瓶上的軟木塞。

「噢，這是毛毛蟲，我剛剛抓到的。」男孩趕緊回答。

「嗯。」女孩發出讚許的聲音。

「那不然……我們去抓蟲嗎？」男孩不確定地提議。

「好啊。」女孩欣然同意。

「那你趕快起來吧，我們好像……真的得離開了。」

靈魂缺一小角的女孩馴服聽從。

那天午後，有兩個小孩悄悄離開了貓鬍子鎮。他倆的全部行李只一個粉紅盒、一個輕若無物的奶粉罐，和暫時住在紙盒裡的兩條毛毛蟲。

而既然女孩誰也不是、什麼也不想要，更什麼都不用知道，所以對於自己古怪的行李安排（為什麼不帶上門邊的大鋁壺咧？鋁壺裡面裝了什麼呢？）她不在意，不好奇，也沒有提出任何疑問。

糖果店的怪老頭

昆蟲學家一回到貓鬍子鎮，幾乎是馬上就直覺地知道，自己是找不到那兩個小孩，和曾經在他手中的糖白色的煤灰蝶了。貓鬍子鎮的公園、學校、米香舖都冷冷清清，一個孩子也沒有。小鎮中心舊街上的老書店更是任憑他怎麼拍門，都無人回應。

可是，活蹦蹦的兩個小孩怎麼可能就這樣不見？

昆蟲學家在貓鬍子鎮的晴好大街上來回找尋、重複詢問、反覆繞圈，可是竟然沒人知道，更沒人有丁點線索。

找了兩天後他有些迷惑失落，覺得空洞，怎麼……怎麼可能就這樣不見了呢？又渾渾噩噩過了幾天，找累了坐在路邊的昆蟲學家這才想起煤灰蝶。他得重新捕捉、重新採集，也許可以消除人類，不，消除自己悲傷的煤灰蝶。

可是你猜猜怎麼著？沒有了。兩個小孩不見，帶著淡淡糖果味的糖白色大蝴蝶也跟著一起絕跡。昆蟲學家失魂落魄，不可置信，直到他看見幾名在路邊爭論的老阿公（他們正在討論溏心蛋到底該多黏稠多流動才算標準），這才想起一個始終躺在灰塵裡的重大線索：阿糖的阿公。

找回一點力氣的昆蟲學家勉強站起，再次詢問，四處打聽，沿著好心居民的大致印象，他穿過了舊街、橘樹和石橋，往北經過了蜂蜜攤、芝麻花、芒果樹和一隻憂心忡忡的狗，右轉踏過有時筆直、有時打折的鄉間小路，找到了那一片甘蔗田。這個因糖而興、因糖而起的貓鬍子鎮裡，最早最早出現的那片古老甘蔗田。

當他走出小路，接近甘蔗田，晴空萬里的天下卻起了細毛雨，昆蟲學家揉揉耳朵，發現自己好像有點聽不到風的聲音，和在風吹拂下，應該要沙沙作響的葉。世界好像忽然得了重感冒，頃刻間就沒了聲音。他大聲咳嗽、用力跺腳、左張右望，瞇著眼發現在甘蔗田的最裡面，有間老到不能再老的雜貨店。看著那間雜貨店，昆蟲學家不知怎地，覺得全身發毛，他甩甩頭，大聲對自己說：「我可是名科學家，沒什麼好害怕。」

他跨開大步往雜貨店的方向走，深深呼吸後，他推開門。門一開，他就聞到一股濃郁的糖果味——阿糖身上的糖果味，他精神一振，嘴角上揚。

他看見雜貨店中央擺了個老舊的木檯，木檯四周擺了各式各樣的木頭模具，模具旁，用細長木籤固定著的，是已經用糖吹好的各種小動物，有老鼠、金魚、兔子、蝸牛，還有一隻栩栩如生的大龍蝦。

來到櫃檯前，昆蟲學家小心翼翼地按了按櫃檯上的鈴鐺。

一名悶悶不樂的老頭拿著一小鍋煮到一半的糖走了出來，一面攪拌融化的糖，一面自言自語：「都是笨蛋，每一個都是笨蛋。」

「你好。」昆蟲學家試著擠出自己內在的全部迷人和魅力，用最好聽的聲音問：「請問，您是阿糖的阿公嗎？」

「不見了啦。」老人家兇巴巴地說：「就這樣給我跑走了啦。」

「跑走？誰……跑走了？」昆蟲學家一愣：「埃及斑蚊和阿糖跑……跑走了嗎？」

「你說啥？」老人家點點自己的耳朵，嗆辣地說：「聽不到！」

「阿糖。」昆蟲學家忍著失落，一個一個字大聲問：「請問阿糖和埃及斑蚊跑走了嗎？他們……他們能跑去哪裡？」

「三百年啊三百年，你以為甘蔗要化成男孩很容易嗎？很容易嗎？」老人家怒沖沖自顧自抱怨，一面攪拌鍋裡的糖。

「什麼……甘蔗？男孩？」昆蟲學家如墜五里霧，說：「阿糖是男孩，他不是甘蔗啊。」

「學家，學家，我看你也沒有很聰明啦。」老人家一臉嫌惡地探過櫃檯，用指關節用力敲了敲昆蟲學家的額頭——昆蟲學家幾乎聽到某種蛋殼碎裂的聲音，幾乎想起某一道黑暗當中的大門，他摀著頭，然後看見櫃檯角落，一個使用多次、邊角磨損的造型模具。

模具凹陷處圓弧優雅，清淺地勾勒出一隻蝴蝶的形狀，昆蟲學家動也不動看著模具。

老頭走出櫃檯，從店角落的貨品架拿下一盒淺綠包裝的方塊糖。走到他面前，拆開，倒出一顆，粗魯地把一塊方糖塞到昆蟲學家的手裡。

「好糖，一顆好好的糖，」老人家輕聲說：「就這樣沒啦。這些笨蛋，跑到外頭給世界煮了煮泡了泡，就都忘了自己原先的形狀。」

昆蟲學家看著手中的方糖塊。在稀薄陽光下，他手中的糖塊像蒼白的大理石，閃著輕巧的光。他搖搖頭，理性地問：「誰？誰忘記了自己原先的形狀？」

「糖啊。」怪老頭粗聲粗氣。

「可是阿糖是男孩。」昆蟲學家說：「不是方糖啊。」

「糖就是糖啊。」怪老頭悶不耐煩：「我以為你很聰明啊!?」

腦子迴路科學又理性的昆蟲學家和糖老頭問了老半天，卻無論如何也問不出個所以然。

於是昆蟲學家只好摸摸鼻子垂下肩，沒精打采地走出那片甘蔗田。他回到了貓鬍子鎮，卻發現自己完全不能走開。

他發現自己其實弄丟了自己未曾有過的重要朋友，那麼真心認定自己就是他們的一分子的重要朋友。兩個孩子消失了，大白蝶也跟著找不到了。

拜訪完糖老頭的那個夜晚，昆蟲學家一個人呆坐在旅店房間裡，看著空蕩的玻璃瓶和寫了字的石頭，毫無預兆地就哭了起來，大哭特哭，連他自己也不知道自己藏了這麼多眼淚。

他看著窗外夜色由黑轉白，看著陽光逐漸醒來，照入房間，坐在床上的他知道自己再也回不了博物館了，回不到那種情感隔絕的生活，所以他留下。

他在亞熱帶島嶼的北端找了個研究的工作，一有空就搭車回到貓鬍子鎮，採集昆蟲或帶著伴手禮步入甘蔗田探望糖老頭，糖老頭說的話他從沒聽懂過，可是待在他旁邊，昆蟲學家就能不那麼傷心。

他會在貓鬍子鎮的亮麗的或深黑的街道上來回行走，可是卻再也沒有見過那種糖白色的大蝴蝶。

貓鬍子鎮裡，再沒有任何男孩，身上帶著那抹糖果味。

貓鬍子鎮裡，再沒有任何女孩，天馬行空到覺得自己煮得了孟婆湯。

昆蟲學家和遙遠的博物館保持良好聯繫，他在島嶼的日子溫暖平安，他不再花那麼多時間工作，也認識了許多認真的朋友，可是他永遠也沒有忘記糖白蝴蝶的謎團，和那兩個孩子。

老太婆終於回家

一隻蟑螂從沙發底探出頭來。

聽完了前情後事的流浪漢呆坐在地，看著蟑螂，忽然覺得其實蟑螂也是滿漂亮的，光彩明亮。

「所以……在那之後，」流浪漢問：「你們有找過昆蟲學家嗎？」

「沒有。」男孩搖搖頭，若有所思地看了看滿屋子的昆蟲學書籍、標本蟲網和顯微鏡然後說：「奇怪的是，明明在那天以前的事埃及斑蚊全都忘了，她卻還是喜歡昆蟲學。」

「等等……那埃及斑蚊的爸媽呢？」流浪漢問：「你把她的受傷記憶撕了下來，可是她的爸媽呢？」

「你說呢？」男孩露出神祕的笑，然後回答：「把受傷的記憶和垂死的靈魂從人的身上捏下來，都是同樣的道理。」

「嗯，你說呢？」男孩慧黠的眼睛轉了轉，提示道：「在這整個故事裡，透過記憶編出來的夢境不算，可沒有人死掉，一個都沒有。」

流浪漢看著客廳中央的毛蟲皺眉思考，想起來他們亮晶晶的小眼睛，他靈光一現，摀住嘴巴：「你是說……你是說那兩條蟲……是埃及斑蚊的爸媽？」

「嗯，」男孩點點頭說：「逃避的大人給世界製造了那麼多糟糕，就把他們變成毛蟲，看他們能不能有天化蝶，還世界一點美好吧。」

「可是……可是已經過了那麼久，為什麼他們還是這樣？」

「這我也想了很久。」男孩站到流浪漢旁，和他一起看著盆栽上的毛蟲，然後說：「其實咒語的期限早就過了，也許他們不想出來？也許毛毛蟲身體裡有太多條線？我也不知道。」

流浪漢半是驚恐、半是讚嘆地看著男孩。

「所以……」他吞吞口水，小心翼翼地看著男孩說：「世界上真的有糖果神明啊？」

男孩看了流浪漢一眼，眼神裡什麼都有。

老公寓通往外在世界的門傳來聲響，吱一聲，門被推開，流浪漢和男孩一起看見一名老婆婆踱了進來。

「埃及斑蚊！」男孩跳了起來，大聲怨怪：「你怎麼現在才回來。」

「去找東西啊。」老婆婆理所當然慢慢答，她慢慢走向客廳中心，咚一下半跌半坐入藤椅，喘了口氣然後有些落寞地說：「可是還是沒找到啊。」

流浪漢小心翼翼打量老太婆，她的眼珠子已經老成了霉綠色，她的頭髮亂七八糟，她溜滴滴的眼角一點點向下垂，像就要落下的清亮雨點。

「可以請問，婆婆在找什麼嗎？」流浪漢小心地問。

「噢，就一個我原先有的，真的有的，卻不小心搞丟的東西。」

說完了第三個夢的透灰記憶這時已經比茶杯還要小，她像冬眠中的軟體動物，靜好專注地睡在客廳茶几上、茶壺邊的茶杯底。流浪漢看看男孩，再看看白瓷杯。男孩嘴角上揚，對他點了點頭。

男孩壓下電水壺，靜默等待後，往茶壺裡沖水泡茶，泡好了茶，他把熱茶倒入透灰記憶深深睡著的白瓷杯裡，說：「埃及斑蚊啊，你找了那麼多天一定累壞了，先喝口茶，喝下說不定就能找到了。」熱茶化掉了碗底的透灰色，男孩把茶往老婆婆的方向推。

老婆婆順從地喝了一小口，在那一秒間流浪漢彷彿看見某種害羞的透灰色在老婆婆的眼底一晃而過，那是固執的灰，歉意的灰，和遲到的灰。

「喔好苦喔。」老婆婆的眉眼皺在一塊。

「都喝掉啦。」男孩下達指令。

「太苦了我不要。」老婆婆把茶推遠，盯著自己的指頭瞧。

「那不然加點糖？」男孩提議。

「可以嗎？」老婆婆像孩子一般眼睛亮亮地抬頭問。

「當然。」

*

流浪漢跟著男孩進入廚房，見他把白瓷杯放在桌面上，然後開了冰箱，對著滿冰箱裡的甜東西低聲說話，最後他拿出一顆熟透的芒果，關上冰箱門，把芒果拋給流浪漢，流浪漢準確接住。

男孩認真地說：「有時候天大好事還沒發生，只是因為時機沒到，或是果子沒熟。」

流浪漢捏捏手裡的芒果，回答：「這顆芒果絕對熟了啊，而且鐵定甜到不行。」

「嗯啊，所以再試一次，這一次，芒果熟了。」

流浪漢眨了眨眼，若有所思。

男孩接著說：「還有謝謝你聽她說故事，我一直都不知道，原來把故事說出來，就是破解魔法的最好方法。」

「這沒什麼啦。」流浪漢搔搔頭，有點不好意思了。

「可是，你還得幫我最後一個忙。」

「嗯，說啊。」

「你得幫我把茶拿給埃及斑蚊，幫我看著她喝下，一滴也不能剩。」

「可是，她就在外面啊。為什麼要我幫你看？」流浪漢不解。

「因為要加糖啊。」男孩理所當然地說，他伸伸懶腰，打個呵欠然後說：「洞補起來了，麻煩搞定了，我現在終於、終於可以放假。欸，你知道嗎？」

「嗯？」流浪漢說。

「聽說在美國還是加拿大什麼的，那邊的人會用楓樹製糖耶。」

「喔，好像是這樣啊。」

「放了假，就什麼地方都能去了。」男孩拍拍流浪漢的肩，然後在光天化日下，男孩就這樣，像拿著毛巾要去泡澡的老人家，笑瞇瞇地一腳走入熱氣騰騰的茶碗裡。

目瞪口呆的流浪漢探頭看，看還冒著煙的茶裡透明恍惚的糖跡是怎麼晃了晃，完全溶解。流浪漢罵了髒話，超級髒的那種。

許多年後的重逢

老婆婆喝下了茶，靜止不動了好幾秒鐘，然後她眨眨眼，像多年來第一次真的醒來。她抬起了頭，看見了窗外明朗的陽光，環視了老客廳裡的大小物件，最後低頭，看了看自己的垂垂老矣的手，然後輕輕說了聲：「啊。」

流浪漢小心偷看，看老婆婆站了起來，東摸摸西碰碰，最後坐回藤椅，拿起奶粉罐，倒出一直待在裡面的三隻乾燥白蝴蝶。

糖白色的大蝴蝶和故事一開始一樣，還那麼漂亮，那麼精細，還隱約閃動著亮白的光。她用手指尖輕輕碰了碰蝶翅邊緣，然後彷彿魔法，蝴蝶細線一般的腳動了動，再動了動，垂垂老矣的婆婆露出微笑，她眉眼亮亮地抬頭，對著流浪漢說：「我現在不需要這個了，不需要阿糖送我的好禮物，因為你聽我說完了全部的故事。」

流浪漢悶不吭聲。

流浪漢欲言又止。

流浪漢吞吞吐吐。

最後他鼓起勇氣問：「你……不會……不會覺得可惜嗎？莫名其妙就丟掉了那麼多時間？」

聽了問題，老太婆微微歪頭，瞇起眼睛想了好久好久，比孵一窩新鮮又遠古的恐龍蛋還久，最後她微笑回答：「也許有時候，就是要花那麼多時間。」

流浪漢不發一語地看著老太婆。

「好啦！」老婆婆掙扎著從椅子上爬起，輕手輕腳地把蝴蝶趕回奶粉罐，顫顫地拿了紙和筆，套了件外套，再把胖嘟嘟的奶粉罐塞入包包。

一旁看著的流浪漢忍不住問：「你要去哪裡嗎？」

「哎有些事啊，就算遲到，」婆婆露出亮亮的笑，說：「該做的還是要做嘛。」

「你……你要我陪你走一趟嗎？」流浪漢想扶婆婆，卻又不敢。

「好啊。」婆婆爽快答應，問：「你之後還會回來找我喝喝茶嗎？」

「當然。」

*

老郵局裡的老太婆寫完了信。

在即將遠赴他方的包裹和信紙上，她畫下了句點。

那是好一顆漂亮的空心圓，又堅硬又溫暖。

於是什麼故事，都可以從兒開始，再抽芽，再拉線。

*

流浪漢模樣的男人推開了公寓的老鐵門，走了出來。

世界還是世界。自己也還是自己。他和自己的約定過了期，他還站著活著，還看得見天空。看著天空，男子深深呼吸，眼底多了一抹藍，那是活力的藍，放鬆的藍，重生的藍，那抹藍使人想起一展晴空（或遠古汪洋），無邊無際的那種。

*

遠渡重洋的包裹抵達了遠在天邊的冷呼呼國度，然後又再次被人轉寄回熱帶島嶼。在某個距離老公寓三十分鐘車程的大學實驗室裡，一名不再年輕、卻始終好奇的昆蟲學家在某個下午收到了包裹。

垂垂老矣的他推推眼鏡，看著這個繞了一大圈，最後又回到自己面前的古怪包裹。他推推眼鏡，拆開包裝紙，看見了胖嘟嘟的奶粉罐，然後他打開。

（全文完）

釀文學268　PG2757

釀 床邊昆蟲學

作　　者　張江寧
責任編輯　尹懷君
插　　畫　江旻柔
圖文排版　陳彥妏
封面設計　劉肇昇

出版策劃　釀出版
製作發行　秀威資訊科技股份有限公司
114 台北市內湖區瑞光路76巷65號1樓
電話：+886-2-2796-3638　傳真：+886-2-2796-1377
服務信箱：service@showwe.com.tw
http://www.showwe.com.tw
郵政劃撥　19563868　戶名：秀威資訊科技股份有限公司
展售門市　國家書店【松江門市】
104 台北市中山區松江路209號1樓
電話：+886-2-2518-0207　傳真：+886-2-2518-0778
網路訂購　秀威網路書店：https://store.showwe.tw
國家網路書店：https://www.govbooks.com.tw
法律顧問　毛國樑　律師
總 經 銷　聯合發行股份有限公司
231新北市新店區寶橋路235巷6弄6號4F
電話：+886-2-2917-8022　傳真：+886-2-2915-6275

出版日期　2022年7月　BOD一版
定　　價　260元

讀者回函卡

Printed in Taiwan

國家圖書館出版品預行編目

床邊昆蟲學 / 張江寧著. -- 一版. -- 臺北市 :
釀出版, 2022.07
面 ;　公分. -- (釀文學 ; 268)
ISBN 978-986-445-672-7(平裝)

863.57　　111007844